dear+ novel
fusaide_fill me in・・・・・・・・・・・・・・・・・・・・・・・・・・・

ふさいで イエスかノーか半分か 番外篇3

一穂ミチ

新書館ディアプラス文庫

ふさいで イエスかノーか半分か番外篇3

contents

illustration:竹美家らら

ふさいで
fill me in

短いまどろみの間に、夢を見ていた気がする。いつもの、色のない夢。モノクロの世界で、あいつが何か言ってた気がする、それがとても大事だった気も——そんなわけがない。あいつがよこすものが俺にとって大事なんてありえない。だからいらない、聞きたくないし見たくない。

ふさがなければ。

ひどくあいまいな夢の手応《てごた》えと、一瞬よぎった自分のもの思いの両方にいら立ち「くっそ……」とひとりごちて目を開けると、ベッドの前に色つきの「あいつ」がいた。軽く身じろいだ拍子《ひょうし》に、六〇度くらい起こしたリクライニングのマットレスがかすかに軋《きし》む。

「おはよう」

設楽《したら》は、さもここにいて当然、みたいな口ぶりで片手を上げた。

「……何やってんだ、こんなとこで」

「そりゃ俺の台詞《セリフ》だね」と設楽が返す。

「何やってんだお前は、って話だよ」

そう言われても、まあ仕方がない。プロデューサーとして受け持っていたバラエティ番組がごたごたし、疲労と過労と不摂生《ふせっせい》でぶっ倒れて救急車まで呼ばれてしまった。それは別にいい。物理的に「できなくなる」まで「もうやらなくていい」と思えないたちなので、肉体がかけた急ブレーキのおかげでやっと休息を取れる。問題は病院送りの騒動にこの男が立ち会っていたことだ。弱っているところなど見せたくなかったのはもちろん、設楽の目には呆れと怒りがちらついていてうんざりする。あんたに怒られる筋合いはねえよ。

「うっせえ」

「名和田《なわだ》にはそんな口きくなよ」

厳しい表情で釘《くぎ》を刺された。

「本当に、お前のこと心配してたんだからな」

名和田深《しん》の名前を出されると、自分のことじゃないだけに分《ぶ》が悪い。召使いみたいにこき使い、罵倒《ばとう》し、気まぐれに振り回しながら、自分なりに目をかけてきたのを、設楽はきっと見抜いているのだろう。結局、うまく育てられなかったのも。

「さっき来てたから、話した」

「へえ、どんなトーク？」

「忘れた」

「そりゃ大変だ、脳みそも検査してもらえ。缶切りか何かで頭開けて」

やっぱこいつ、怒ってるわ、からっと明るい声からぴしぴしとげが飛んでくる。一見にこやかに友好的に相手を刺してくる、栄《さかえ》にはないスキル。栄の無茶に腹を立てている、すなわち心配している――だからどうしろって？　設楽の心配など、どう受け止めればいいのか、そもそも受け止めるべきものなのか、分からない。だから話の方向をわざとずらした。

「深が辞めるっつったらちゃんと止めろよ。あんたんとこのスタッフでもあるんだからきっちり面倒見ろ」

「そんなこと言ってた？」

「はっきり言ってねえけど、もしかしてだよ。もったいねえだろ、辞めさせんなよ」

深は、ディレクターだった頃の栄に憧れてこの業界（正確には栄が担当する番組）を目指したのだという。入《い》りから間違ってんだよと思うが、栄がどれほどごう慢《まん》に振る舞おうとも、深の憧れは折れなかった。深だけは、ずっと変わらない眼差しで栄の背中を追い続けた。そのおかげで親離れと巣立ちの時期を完全に逸《いっ》したのだが、今ならじゅうぶん間に合う。相馬《そうま》栄の劣化コピーから、ひとりのDになるチャンスだ。むかつく話ながら、個々人の特性や能力を見極めて育成するスキルなら、設楽のほうがはるかに上だ。しかしそんな心境を見透かしていやがるのか「本人が決めることだからなー」なんてしれっとぬかす。

「おい」

「それに、俺は言わないと思うな。賭けようか。何賭ける？」

「煙草」

「安いな」

「買ってこい」

「何でだよ」

設楽は立ち上がり「いい天気だよ」とカーテンを全開にした。

「バカ、やめろ」

まぶしさに目がくらむ。

「閉めろ」

「朝には自然光浴びないと。俺、きょうここまで自転車で来たし」

「このくそ暑いのに、どんだけもの好きだよ」

「いや、電動アシストつきだけどね」

「だっせ」

急な刺激に目をしばたたかせていると、設楽の手が庇《ひさし》になって差し伸べられた。払いのける前に栄の目をぴったり覆《おお》ってしまう。

「よーく耳が聞こえてるみたいで何よりだよ」

「……だからうるせえよ」

いつの話、してやがる。ひとまず光が遮断《しゃだん》されたことにほっとして抵抗を猶予《ゆうよ》していると、手のひらよりやわらかいもので唇をふさがれた。

栄は拳《こぶし》をぐっと固め、思いきり振り回したが、すんでのところでかわされる。蓋《ふた》が外れたせいでまた一気に目の前が明るくなり、視界には黒い砂粒がちらつく。

「何すんだよ気持ちわりーな！」

「いや、賭けをさ、どうせ俺の勝ちだから前払いしてもらっとこうかなと」

顔の横で両手の指をひらめかせて設楽は笑った。

「お前はいい加減禁煙しなさいよ」

「は？」

「苦いから」

「知るか」

顔をゆがめて枕を投げつけようとすると「おはようございまーす」と看護師が入ってきた。

「相馬さん、検査行きますよー」

「あ、どうもよろしくお願いします」

設楽が愛想《あいそ》よく立ち上がり「できれば三ヵ月ぐらいぶち込んどいてください」と勝手なことをほざいて出て行く。栄は摑んだ枕を膝の上に叩きつけた。病室には晩夏《ばんか》の光がいっぱいにあふれ、目を閉じたくてたまらない。

「何さまなんだよお前は！」

ぱりーん、と案外高い音を立てて喫煙スペースの扉が割れた。スチールの枠《わく》の内側、補強用のワイヤーが格子《こうし》状に入ったガラス部分に、いびつな穴が空く。何がかっこ悪いって、蹴《け》り割った本人が「やべ」と想定外の事態に動揺を隠しきれず、そそくさ部屋を出て行ったことだろう。がんって蹴りつけるだけのつもりだったんだろうな、そんで俺がびびって「ちゃんとしますすいません」てぺこぺこ謝るような展開でも思い描いてたか？　頭悪いにもほどがあんだろ。だっせ、と内心で悪態《あくたい》をつきながら栄は煙を吐き出した。にしてもどうすんだこれ、俺のせいにされねえだろうな。

「あ、あの」

「何だよ」

たまたま居合わせた不運なＡＤがびくびくしながら「どうしましょうか」と窺ってくる。

「知るか、保安か施設管理に連絡じゃねえの。張本人がやってるかもしんねえけど」

「あ、そうですね、とりあえず、ほうきとちり取り持ってきます」

晴れてひとりきりになれたのを幸い、窓の外を眺めてゆっくり一服した。穴が空いた、ということは喫煙所として機能していないのだが、気にしない。休憩を満喫して外に出ると、廊下の隅っこでさっき切れまくっていた先輩局員（一応）が、さっきまでの威勢はどこへやら、しおらしくうなだれている。向かい合うのは夕方ニュースのＰだから、どうやらおとなしく出頭《しゅっとう》したらしい。まずは直属のボスに相談して穏便に取りはからってもらおうという肚《はら》だろう。

「まさか割れるとは思わなくて……すいません」

「んー」

縮こまる犯人と対照的に、Pはゆるい空気で顎《あご》をぽりぽりかくと「まあ、ガラスは割れるもんだしね」とのんきに言ったので栄は思わず吹き出した。そして立ち聞きがばれる。

「相馬、てめえ……」

あーあ、性懲《しょうこ》りもなく沸騰《ふっとう》し始めたよ。

「まあまあ落ち着いて。上には不測の過失ってことで報告しとくから、落合《おちあい》はもう行っていいよ、何らかの文書は出してもらうかもしんないけど」

「……はい」

「で、次は君ね、ちょっと話聞かせて」

ちょいちょい手招きされて遠慮なく「めんどくせえ」という顔をしたが、「すぐすむから」と意に介されなかった。

「そういえば、まともに顔合わせるの初めてかな」

「そっすね、きのうまで記者クラブで引き継ぎしてたんで」

時間つくってあいさつ行っとけよ、と周りからは言われていたが、つくれなかったものは仕方がない。

「じゃあ、はい」

と名刺を差し出された。『旭《あさひ》テレビ『デイズ・エッジ』統括プロデューサー　設楽宗介《したらそうすけ》」と書いてある。いくら何でも、これから自分がつく番組のトップくらい把握しているので「はあ」と受け取るや否やスーツのポケットに直行させた。

「俺の名刺、新しいのがまだできてないんですけど、警視庁担当の肩書きのやつ、いります？」

「いや、大丈夫、相馬栄くんだろ。ところでさっき、何で笑ってた？」

「笑うでしょ、何すかあの『かたちあるものはいつか壊れる』的な、優しいと見せかけて大味極まりないフォロー。まあガラス代自腹切るわけじゃなし、他人事《ひとごと》だからいくらでも適当に寛容になれますよね」

おそらく、十近く年上の設楽はすこしも怒らず「落合とは仲いいの？」と質問を重ねた。

「いいわけねーでしょ」

「落合は、相馬に目をかけてて、夕方ニュースにくるんならこんな企画はどうだって異動決まった時から振ってやってたのに、全然動こうとしないから、ついカッとなったらしいよ」

「冗談じゃねえ」

栄は吐き捨てた。

「こっちがやりたくもねえネタ勝手に押しつけてきて、アポ取ったかとか企画書できたかとかメールよこしてきやがって、こっちも忙しかったし、そもそも自分でつくるVのネタぐらい自分で探すっつうの」

「二年目だし、番組につくの初めてだろ？　あいつなりに心配してんだよ」

「それが迷惑。不登校のガキの家に『早く学校に来てね』って毎日手紙持ってきてひとり悦《えつ》に入《い》ってるタイプでしょ。そもそも三つしか違わねえのに先輩風吹かしまくる神経が謎、人の世話焼いてる暇あったら自分のつまらないV見返せって話。この前の妊婦タクシーも盲目のピアニストも、素材は悪くなかったのに構成とナレ原《げん》がぐっだぐだ。ド下手《へた》くそが」

「流れるような悪口だなあ」

「俺、何か間違ったこと言ってますかね？」

　まあまあ、とか、言い過ぎだ、とか、立場上は諫《いさ》めにかかるんだろうと踏んだ上で訊いたのだが、設楽は「いや」とかぶりを振った。

「相馬は正しいよ。落合は、まあ年齢差し引いても稚拙《ちせつ》だ。だからこそお前みたいに才気走った感じの新人を手懐《てなず》けて得意になりたいんだろ。ま、Vづくりなんかセンスに負《お》う部分も大きいし、そこは期待薄だけど体力勝負のロケや張り込みにやる気見せるとか、いろいろ有用な人材ではあるから」

　思いのほかあけすけな言い分に少々戸惑った。何だこいつ。

「俺より口悪いっすね」

「いや、相馬には負けるよ」

「ていうか、来たばっかの下《した》っ端《ぱ》にそんな赤裸々《せきらら》にぶっちゃけていいんすか」

「え、落合に今の話する？」

「興味ねーっす」

「だろ？　それに、相馬相手に口先だけ取《と》り繕《つくろ》ってもすぐばれる気がして」

にこにこしてはいるが、読めない男だと思った。栄に語っているのが本音だという確証もない。警視庁担当だった一年でくせ者にはだいぶ免疫《めんえき》がついたが、どこにでもいるものだ。洩《も》れ聞く限り、設楽宗介の、報道局での評判はすこぶるいい。理不尽にキレない、飲み会で一芸を強要しない、指示と方針が一貫している、ちゃんと説明をしてくれる――大した美点じゃない、それすらできないやつが多いというだけだ。

「相馬が去年つくったV、見たよ、土曜のワイドで流れたやつ」

設楽が言った。

「文化財の特別公開」

「ああ、あの死ぬほど退屈なやつ」

初めて五分以上の尺でつくったVTRだったが、寺社の取材のいらいらすることといったらなかった。メジャーどころほど態度がでかくて（栄より、だ）足下《あしもと》見て撮影料をふっかけてきやがるし、やれ襖絵《ふすまえ》が傷《いた》むから照明をたくな、畳《たたみ》に跡がつくから三脚《さんきゃく》を立てるなと無茶な要求ばかりしてくる。そもそも本来の担当Dがほかの案件に駆り出され、その時たまたま空いていた栄に急きょ振られたネタだった。台本と技術クルーの発注までできてるから、とピンチヒッターを任され、結果台本は完全に無視し、自分が好きなように撮ってつないだ。

「国宝の仏像をあんなに俗っぽく撮るやつはいないと思った」

「カメラ回したのは錦戸《にしきど》さんですけど」

「その錦戸さんが、下品に撮れって指示されたって言うんだよ。ライティングとか構図とか、いちいち大げんかで大変だったって」

「おしゃべりなじじい」

「錦戸さんとけんかする新人なんて前代未聞じゃないか？　Mはブレードランナーだし」

「だって仏像ってどぎつくないすか。手が十本も二十本もあったり、頭んとこにちっさい頭くっついてたり、神々《こうごう》しい以前にまず造形としていかれてる。古いとか珍しいとかありがたいとか、先入観取っ払って見りゃ、頭おかしいやつが造った物体としか思えねえし」

だから、その印象をそっくり映像にしたかったのだ。プレビューでだいぶ難色《なんしょく》を示されたが、忙しいんでこれ以上直しませんと言って後は無視していたらいつの間にかオンエアされていた。きっとほかにネタがなかったのだろう。「罰当《ばちあ》たりな、もうおたくの取材は受けない」と先方は激怒したらしいが、知ったこっちゃない。

「自由につくっていいって言われたんで」

「新人に与える『自由』っていうのは、卵一個で目玉焼きでもオムレツでも好きにしろ、程度の意味合いであって、そこに卵エキスが入っただけの創作料理出してくるようもんだ」

そんなのも知ったこっちゃない。

「俺、あれ見た日、夢の中で極彩色《ごくさいしき》の仏さまに会ったよ。今、古色蒼然《こしょくそうぜん》とした仏像もできての時はああだったんだろうなっていう。すごい、あいつのVの魔法だって思った……謙遜《けんそん》しないの？」

「してほしいんすか」

おざなりに、あくびをまじえて訊いてやる。

「俺の夢はいっつも白黒ですけど」

「ああ、じゃあぜんぶ出し切ってるんだろう。学生時代から映像とか編集の勉強してた？」

「別に……映画は結構見るほうですけど」

「なるほど。俺も好きだよ映画。デザイン室の子とよく観に行く。今度一緒に行こうか」

「行かないすよ」

「何で」

「会社の人間と、仕事離れてまでつるむ意味がまったく分からないんで」

と言いつつ、初対面の、しかも上司と、こんなに長く会話が成立しているのが我ながらふしぎではあった。相手がキレるかこっちが飽きて無視するか、で大概《たいがい》の相手とはキャッチボールができないのに。設楽が持つ、ひょうひょうとした油断ならなさとでもいうのか、決して皆が褒めるほど「優しくていい人」ではない、という直感が栄をこの場に足止めしているのかもしれない。

「社外なら、つるむ相手がいるような口ぶりだね。絶対友達いないだろ」

ほら、平然とこんなことを言うし。栄の毒に負けじと横柄《おうへい》さで威嚇《いかく》してくる人間なら慣れっこだが、どうもそれとは違う。妙な力みを感じない。

「とにかくまあ、これからは同じ番組で働くわけだし、どうぞよろしく。俺はずっと、相馬栄と仕事してみたかったから嬉しいよ」

こっちとしては特にそうでもないので黙っていると「ずっとサツ回りしてたかった？」と試すような目で見る。

「別に」

「だろうね、向いてないよ。もっとはっきり言うと人員の配置ミス」

確かに楽しい現場ではなかったが、自分の能力にけちをつけられたようでむっとした。

「何で」

「ぺこぺこしながら、情報くださーいって夜回りなんかできるタイプじゃないだろ」

「仕事なんだからやりますよ。好き嫌いの問題じゃねーし」

「そう、それでまじめにやってるつもりが一課長あたりに『生意気な若造だ』って嫌われるんだ」

気持ち悪いほど、そして腹が立つほど図星だった。

「駄目だよ、相馬みたいに眼光鋭《するど》いのが警察担当《サツタン》なんか。もっとのほほんとしてどんくさそうなやつのほうが、案外ネタ取ってきたりするもんだ。お巡《まわ》りさんだって、自分たちの不祥事暴《あば》いてきそうなやつは警戒する」

「のほほんとしたツラでずけずけ言ってくるやつは?」

「うん?」

「あんたみたいなさ」

あんた呼ばわりにも笑顔を崩さず、「十時から顔合わせと打ち合わせするから。A会議室ね」と去って行く。また煙草を吸いたくなり、喫煙スペースに取って返したが、いつの間にか割れた扉に段ボールがあてがわれ、「使用禁止!」と赤字で大書きしてあった。めんどくせーな。さっきもらったばかりの名刺を手の中で握りつぶす。角が食い込んでちくちくする。

・

梅雨《つゆ》入りはまだなのに空気はじめつき、傘を差そうか差すまいか判断に迷うようなうっとうしい小雨が断続的に降り続く、そんな一日だった。帯の夕方ニュースから外れて別件の取材に出て、日付が変わる直前までひとりで飲んでからオールナイトの映画館に向かった。胸くその悪さが軽減されない。

「もう始まってますけど、途中からでもいいですか？」

「何でもいい」

この気持ちを抱えたまま家に帰りたくなかったので上映内容も確かめずにチケットを買って入り、最後列の端っこに座る。定員百人のマイナーなミニシアターは金曜日のせいか雨のせいか、半分くらい埋まっていた。観客は自分ひとり、が理想なので栄にとっては多すぎる。

腕組みして、ちいさなスクリーン（むしろ大きなテレビくらいの感じだ）に向かう。白黒の映画は、見たことがあった、確か「雨のしのび逢い」だ。今の天気には合っている。ヒロインのアンヌが殺人現場を目撃するあたりでまぶたが落ち始め、腕を組んだまま舟を漕《こ》ぐ。知っている映画だから、というわけではなくて、映画館で居眠りするのは日常茶飯事だった。栄にとって映画は、シナリオや演技や映像技術に魅了されるものじゃなく、真夜中、何となくつけっぱなしにしているテレビと同じだった。特別な興味も情熱も抱かず、通販でもバラエティでも安っぽいドラマでも構わない。放置して出かけるし別のことをするし、時には寝る。そういう、ありふれた日常の一部だった。語るべきうんちくも映画論も持っていない。ただ、何を見た後も、最後に残るのは色だと思う。モノクロでも変わらない。台詞でも映像美でも衝撃のラストでもなく、それぞれが持つ色彩のニュアンスだけが蓄積《ちくせき》される。極彩色の仏さま、という設楽の言葉が不意によぎり、それきり視界も頭の中も真っ暗になった。

海。波の音がする、遠く近く傍《そば》を行き交う音。ここは、実家の近くの海だろうか、いつ帰ってきた？　――いや、違う、これは声だ。人の話し声。

「ほっときゃいいんじゃないですか」

「でも見つけちゃったしなあ、映画館に迷惑がかかりそう。ていうか財布とかすられてないよな、大丈夫か」

「顔に落書きしていいですか？　プロッキーだから水ですぐ落ちますよ」

「何て書く？」

「I♡HIPHOPとか？」

「ちょっと試してみたいけどきょうはやめとこう……相馬、おーい、相馬」

肩を揺さぶられ、組んでいた腕がほどけて落ちると、栄は完全に覚醒《かくせい》した。

「お、起きたな、もう上映終わってるぞ。あ、これお前の？」

寝ている間にむしり取っていたらしいネクタイを床から拾い上げたのは設楽だった。その横には栄と同じくらいの年の男もいて、名前は知らないが顔には見覚えがある。もしかしてこれが「デザイン室の子」？

「男かよ……」

手櫛《てぐし》で髪をかき上げ、つぶやく。

「何だって？」

「何でもねえ」

「いつから寝てたんだ？　全然気づかなかった、あ、こっちは前にちょっと話した、デザイン室の奥睦人《おくむつと》くん。通称奥さま、同い年かな？」

よろしく、と言われたが、意識がはっきりするにつれ、二日酔いの頭痛が激しくなり、それどころではなかった。

「そうだ、きのう、例の取材無事に終わった？」

「……るせーな」

んなもん、月曜に会社で訊けばいいだろうが。話したそうかどうか、見て分かれよ。不機嫌を剝《む》き出《だ》しに答えると、睦人が唐突に「どこ出身？」と尋ねてきた。何だそりゃ、いい年して「どこ中だよ？」のノリか？　栄は答えなかった。

「奥さま、それ訊いてどうすんの？」

「いや、敬語って文化のない地域から上京してきたのかと思って」

その言葉には「は？」と尻上がりな一音で嚙みついた。

「え、だって設楽さんPで、お前まだ新人だろ。すげえ口のきき方」

それがてめえに関係あんのかよ、と言い返そうとすると、設楽が先に「いいんだよ」と取りなした。

「相馬はこれでいいんだ。ひとりぐらいこんなやつがいたほうが刺激的でいい、番組もぴりっとするし」

「だって報道の相馬栄って超絶感じ悪いって掃除のおばちゃんたちにまで知れ渡ってますよ、テラスに毎朝来る鳩《はと》も姿見たら飛び立ちますよきっと」

「便利でいいじゃないか」

本人の目の前で本人を置き去りに進む、なかなか遠慮のない会話に少々呆気《あっけ》にとられた。そういえばこいつら、落書きとか言ってなかったか、いやもう今はそんなことより頭が痛い。こめかみに指をあててじっと眉根を寄せていると、設楽が「二日酔いか？」と屈《かが》み込《こ》む。

「だからうるせえよ」

「よし、じゃあうちで迎え酒するか」

「はあ？」

「俺の家、ここからすぐだし。風呂も貸してやるし」

映画館の空調でずいぶん冷やされたが、昼間にいやな汗をじっとりかき、洗い流したいと思っていたのは確かだ。取材から戻り、局でシャワーを浴びるか迷った挙げ句、会社にいるほうがかったるくてそのまま出てきた。すべて見透かしているような設楽が気持ち悪い。しかし気持ち悪いがゆえに無関心になれなくて、この誘いに乗ってしまうのだろうと、栄はどこか他人事のように思った。

「設楽さん本気ですか、なかなかチャレンジャーですね」

「そうかな、面白そうじゃない？」

「設楽さんの『面白い』は大概えぐいからな～」

ここからすぐ、は厳密には嘘だと思った。設楽のマンションはタクシーで十分ほど走ったところで、睦人は慣れているのか、さっさと冷蔵庫を開け「ヤクルト恵んでください」なんて言っている。

「いいよ、相馬は？」

「風呂」

端的《たんてき》に希望を述《の》べると「亭主関白か」と睦人が突っ込んだ。

「どうぞ」

設楽は笑って脱衣所の扉を開ける。

「タオルとか、何でも好きに使って」

かいがいしい性格、というわけでもないと思う。番組内での振る舞いを見ても、スタッフとは一定の距離を置いて必要以上に馴れ合わない。ではこの寛容さは何なのか。頭から熱いシャワーを浴びる。

夕方ニュースに配属されて一ヵ月半ほどだが、警視庁担当よりは楽しかった。記者をやっていると、自分の分野をひたすら追いかけ収穫があるたび提出する繰り返し、提出された獲物を求めてうろつく猟犬《りょうけん》みたいなものだ。それが、報道情報番組という大雑把《おおざっぱ》なくくりに変わると、地図を読み、計画を立て、罠を仕掛け、獲物を捌《さば》くといったさまざまな要素が入ってくる。国際情勢や経済に関する原稿を書いたりVTRをつくったりもするので、新聞ひとつにしても事件面だけを血眼《ちまなこ》で読んでいるわけにはいかない。そして内容が多岐《たき》に渡れば演出の幅も広くなり、どんな構成にするのか、どんな視点からの台本か、スタジオでの展開は、こんな中継をしたら……実務上の権限はなくとも、あれこれ考えをこねくり回すのは飽きない。何より、基本的にはスーツとネクタイのいまいましいフォーマルで出勤しなくてすむ。「向いてないよ」と断言した設楽が正しかったと認めるのはしゃくだから、決して公言はしないけれども。

風呂から上がると、キッチンのカウンターにはほのぼのと湯気の立つ湯呑みがぽつんと置いてあった。

「……ほんと変わってんな」

「何が？　二日酔いには番茶《ばんちゃ》に梅干しって定番だし。あ、梅干し、念入りにつぶしてから飲むとさらに効くから」

「茶の話じゃねーよ。よくへらへら俺に構ってられんなってことだよ」

「笑ってるほうが、いろいろスムーズに運んで楽だろ？」

設楽は食器棚からブランデーとショットグラスと細長い袋入りのテーブルシュガー、冷蔵庫からレモンを取り出し、レモンを手際よく輪切りにした。

「相馬こそ、わざわざ自分からハードル上げる生き方して、変わってる」

「おかしくもねえのに笑えるかよ」

熱い番茶はまだ飲めそうにない。もやっとした湯気の膜《まく》の向こうへ言い返す。

「思ってもないこと、言えるか」

「そう？」

とブランデーを注《つ》いだショットグラスの上からレモンで蓋をすると、テーブルシュガーをさらさら盛る。何やってんだ、とつい目が離せずにいる栄の真向かいで、設楽は砂糖がけのレモンをぎゅっとふたつ折りにし、口に入れて咀嚼《そしゃく》した。それからグラスを一気に呷《あお》り、すべて飲み下す。

「……思ってること言うほうが、遙かに難しいんだけどな」

「何それ」

「いや、だからね」

「そうじゃねえよ、その酒」

「知らない？　ニコラシカ、こうやって口の中で調味するから混ぜなくていいし、楽。冬場はあったまるよ」

俺はそれ無理、と栄の背後から声が飛んできた。ソファにいる睦人だ。

「レモンの皮、食えない」

「国産無農薬だから」

「そーゆー問題じゃないですよ」

「出せばいいよ。皮なしもできるし」

「それもかっこ悪いんですよねー」

栄は、空のグラスを指差して「俺も飲む」と言った。

「ん？」

「それが飲みたい」

やめとけ、強いぞと睦人が忠告する。

「おとなしく番茶啜《すす》っとけ」

「迎え酒っつったろ」

別に、まだ飲み足りないわけではない。いくらかましになったが頭痛は続行中だし、身体はさらなるアルコールの摂取《せっしゅ》を明確に拒《こば》んでいる。それでも、設楽が今飲んだ酒がほしかった。わけの分からない男が飲んだ、わけの分からない飲みものが。

「おんなじグラスでいいか？」

設楽は止めず、さっと二杯目を作ると湯呑みの隣に置いた。熱で砂糖が溶け始めないうちに、見よう見まねで折りたたんだレモンを噛みしめる。酸味と甘み、どちらもストレートすぎて頬の内側がしびれた。歯が破った、微細《びさい》な果実の粒からほとばしる果汁がいたるところで砂糖と混ざる。そこに、ブランデーを一気に流し入れた。じゅわ、と胃まで一気に焼けつきそうなアルコールのからさ、きしきし噛みしめるレモンの皮の渋い苦み。いろんなものが均一でなく、口の中でむらになる感覚は嫌いじゃないと思った。ごくんと飲み干して吐いた息には琥珀《こはく》の色がついていた気がする。

「気に入った?」

「……まあまあ」

「よかった。初めて、相馬から肯定的《こうていてき》な返事をもらった気がする」

よかった、なんて本当は思っていないのかもしれない。この笑顔も自然発生したものではないのかもしれない。誰だってそんなもんだろうと分かっているはずなのに、腹が立った。腹が立つと血の巡りがよくなるのか、くらっと酔いが回ってきたので椅子から立ち上がり、フローリングの床に仰向《あおむ》けに寝た。

「おい、大丈夫か、ソファ使えよ」

「あれ、やっぱきつかったかな。ベッド行く?」

口々に言われたが「ここでいい」と目を閉じ、まぶたの上に手の甲を押し当てた。きのうのぐずつきを帳消しにする朝陽がまぶしい。

「寝ゲロしたら窒息死だぞ」

睦人は、設楽とつるむだけあっておそらくなかなかの性格をしている。ただ、栄と決定的に違うのは、どんなあけすけな発言にも毒っ気やとげがない。

「吐かねえよ」

「映画館で寝てた時は、だいぶ険《けわ》しい顔してたけどな」

設楽が言う。

「悪い夢でも見たか?」

「覚えてねーよ。寝る前から気分悪かったから、そのせいだろ。……あのくそばばあ」

最後のつぶやきに、設楽は「ああ」とすべてを察したような相づちを打った。

「取材、やっぱりきつかったみたいだな」

「当たり前だ」

「何の取材ですか?」

「お前に関係ねーよ」

「いや俺もお前に訊いてねーから」

「小学生みたいなやり取りするなよ。まだ事件じゃなくて疑惑の段階だけど、越谷《こしがや》の連続不審死、知らない?」

「あー、再婚するたびに旦那が死んで、その都度《つど》保険金を……って女でしょ。週刊誌がけっこう書いてる」

平成の毒婦、なんて昭和的な見出しで。

「新聞もちらほら書き始めてるし、テレビは今んとこ、うちと東洋《とうよう》がモザイクつきで流してるかな。その、渦中《かちゅう》の未亡人が何でか相馬をお気に入りらしい」

「まじで？　すげー趣味してますね」

殴りかかりたくなったが、頭も四肢《しし》もだるくて動けそうにない。

「あの記者さんがきてくれたらインタビューさせてあげる、ってお声がかかるもんだから、警視庁担当外れたのに、これだけ専属みたいなもんだよ。きのうなんか、三番目の旦那の命日だからって『お墓参り撮りたいでしょ？』だし」

赤の他人の墓に水かけたり花を供《そな》える手伝いをさせられて、毒を盛られて殺された男の骨がそこにあり、殺した女（だと栄は確信している）がしおらしく手を合わせ、自分は傘を差し掛けて……こんなグロテスクな茶番があるだろうか。

「もし逮捕されたら、うちだけが持ってるおいしい画《え》ですもんね、めちゃめちゃ足元見てんな、こえー」

「そう」

「やってらんねえ」

自分の声には、いらつきより疲労が濃く、悔しい。あの女の瘴気《しょうき》みたいなものにあてられたせいだ。もっと怒れ、身体なんか置き去りにして、動け。

「枕とか、色恋取材とか、やったんじゃねえのとか……誰がやるかよ」

いずれ疑惑はハジけ、連続殺人事件として大々的に報じられる。その時、「独占入手」と謳《うた》える画を持っている栄へのやっかみは、社外よりむしろ身内からよく聞こえてきた。栄は、スクープなどに関心がない。ひとつが報じたら皆が一斉に追いかけ、特別なはずの情報もすぐに均質化されてしまうし、視聴者は、どこが出したネタかなんていちいち気にしちゃいない。一瞬の満足や優越感がいったい何になる。上司の覚えめでたく頭撫でられたいかよ、犬として。

「平然と嘘ついてしなだれかかってくるような女、あと三十若くてもお断りだ」

――ねえ私、ほんとにやってないのよ。なのに皆が私を疑って責めるの、記者さんは公平に話を聞いてくれるでしょう？　私、あなただけが頼りなんだから、ほんとに。

うるせえ、早く捕まれ。そしたら厚化粧の嘘泣き顔、モザイクなしでがんがん放送してやる……そんな想像で自分を宥めるのも空《むな》しかった。

――公判を維持《いじ》できるだけの物証が挙がってハジけたら、まず間違いなく死刑だからな。警視庁キャップの上司は平然と皮算用《かわざんよう》してみせる。

――そしたら、相馬と文通させて獄中手記かな。あ、お前がいやなら適当なやつにゴーストさせるから安心しろよ。

良心とか正義感とか、断じてそんなおきれいな理由じゃない。ただおぞましいのだ。嘘にまみれ、嘘をふりまいて笑える連中が。テレビで放送するものなんて、突き詰めればすべてが虚構に過ぎないけれど。いつも誰かの主観が入り、誰かの手で操作され、肥大化と矮小化《わいしょうか》を経て切り刻まれ、流され、そしてすぐ忘れられていく、いびつな現実のレプリカ。

「そっか」

睦人が、しみじみとした口調でつぶやく。

「ただのやなやつじゃなくて、苦労してるやなやつなんだな、認識改めるわ」

「どうでもいい……」

「苦労なんて皆してるだろ？」

設楽が言う。

「え、でもこいつ、口も態度もでかくてこの野郎って思うけど、V見たら何も言えなくなるでしょ、あの完成度だもん」

いや言ってるだろ、好き放題。

「取材先のどろどろなんか平気で利用してると思ってた」

「それは分からんでもないけど」

鈍《にぶ》く痛む頭上を、設楽と睦人の声が行き交う。妙な日だ、と思う。どうしてのこのこついてきて、愚痴《ぐち》なんかこぼして、こんな会話を聞いて。後頭部や背中がさらさらとつめたく、今のところ、それだけがここに来てよかったことだ。ニスで仕上げられたフローリングはすこしやわらかい。

「それに、ナレ読みでNG出しまくって岩井《いわい》ちゃん泣かしたらしいじゃないですか、許せないですね、俺岩井ちゃん大好きなんですよ。去年入った女子アナの中じゃ、キー局でいちばんかわいいと思う」

「あいつが下手くそすぎんだろ」

どうでもいいはずなのに、反論していた。

「何十回やらせてもチがシに聞こえるってありえねえ。俺じゃなくアナ部のザルな研修を恨めよ」

「いやいや、俺ならもっと優しく教えてあげるし」

「バーカ」

鼻先に嘲笑《ちょうしょう》を引っかける。

「あいつ、スポーツ部の男とできてんだよ」

「うそっ！」

睦人がソファの背もたれから身を乗り出して栄を覗き込んだ。まっすぐ目が合う。嘘のない目だ、と瞬間、思った。きのう、濁《にご》った眼差しにねっとり絡《から》まれまくったせいだろうか。冷静になってみれば、どこにでもいる、まあ少々顔立ちはいい部類かもしれない男の、ただのふたつの目玉だ。本気でショックを受けているらしい表情と、自分のばかげたもの思いの両方に笑ってしまう。

「もっと言うと、俺にも『今度ごはんしながらナレ読み教えてください』って誘ってきたぞ。

本性は相当図太い」

「うそうそ！」

あーあー、と設楽も笑う。

「青年の夢、壊しちゃって」

「え、設楽さんひょっとして知ってたんですか？　教えてくださいよ！」

「女子アナのプライベートなんか触れたくないもん、とばっちりがきそうで」

「くっそー……」

どうしたのだろう、いろんな要素でテンションがおかしいのだろうか。次から次へと笑いがこみ上げてくる。理由は分からない。でも、栄は面白くもないのに笑えない。だから今、このなりゆきを楽しんでいるのは確かだ。キッチンと床とソファ。立って寝て座って、この奇妙な構図と会話。

また、睡魔がやってくる。夜の、崖《がけ》からダイブするような眠りではなく、そうと分からないほど微妙な傾斜をピンポン球が転がっていくような、ゆるやかで途切れない眠気。

「あ、こいつまた寝る気」

「いいよ、風邪引く季節でもないし」

「警戒心が強いんだかそうでもないんだか分かんないですね」

「それだけ疲れたんだろ……相馬」

設楽の声が、またやけにまどろみを誘う。

「きのうのオールナイト、全部白黒だったな。見てない？　ジャンヌ・モローの特集。白黒の夢しか見ないってこんな感じかなって思ってた」

栄は、極彩色を思っていた。でも何も言わなかった。身体にゼリーを注射されたみたいにもったり重い。自分の呼吸が、なだらかに規則的になっていくのを感じる。


うたた寝の間の夢は覚えていない。床の上で寝たせいで肩や腰の一部は石化したかのごとくばきばきだった。睦人はまだソファにいて、テレビを見ていた。

「……身体がいてえ」

舌打ちとともに起き上がると「何言ってんだ」と呆れられた。

「勝手に寝落ちしといて」

立ち上がり、カウンターに手つかずのまま置いてあった湯呑みから、ぬるい茶をぐいっと飲み干す。すっかり梅干しの味が移っているが、寝起きで喉《のど》が渇《かわ》いていたので、そこそこうまいと思った。そのまま玄関に向かうと、脱衣所の引き戸から設楽がひょいと顔を出す。

「お、帰る？」

黙って頷く。

「そうか、家でゆっくり休めよ」

出がけに「栄」と呼びかけられた。実に自然に、下の名前で。玄関先で立ち止まり、馴れ馴れしい、と言おうかと思う。でも、短い廊下と、右手にある脱衣所から半身を覗かせた設楽と、リビングに続くドアの、開け放たれた先に見える睦人の後ろ頭や肩。窓の向こうの、何度か洗いをかけたように白っぽい青空。部屋じゅうが自然光で明るい、その眺めに心のとげが引っ込んだ。きょうの褪《あ》せた空色が記憶に残るだろうと思った。何も特別な光景じゃないはずなのに、カメラを構えたくなる。テレビのめまぐるしい生放送とは一秒一秒の刻まれ方がかけ離れた初夏の真昼。

「またな」

という設楽の声で、もう一度夢から覚めた気がした。

「また映画行こう、酒も」

「気が向いたらな」

「頑張って向かせるよ」

外に出ると、空はからっとしていた。駅、どこだ。全然分かんねえな。見覚えのない街に歩き出す。あてどのなさが、いい気持ちだった。

「あ、待って、ここのカット」

編集室で、VTRのプレビューをしていた設楽がモニターに手のひらを向けた。

「車からの撮影は、シートベルトしなきゃ」

「ちゃんと締めてる」と栄は言い返した。

「そう、だから、そのちゃんと締めてるところを、画として敢えてお見せしとかなきゃいけないっていうのが考査のガイドライン。これだと寄りのカットだからそれが抜けてる」

「は？　聞いてねーよそんなの」

「俺もきのうの会議で知らされたから、まだ周知してなかった、ごめん。ここ、差し替えてくれたらいいし」

「横顔のアップ見せたいんだよ」

「じゃあ二、三秒足す?」

「それもテンポ狂う……いい、全部考えてもっぺん組み立て直す」

「いやそこまでのカロリーかけなくても」

「やる」

と言い張ると、栄が絶対に引かないのを知っている設楽は「よろしくお願いします、先生」と軽く頭を下げた。

「でも、あさってオンエアだぞ」

「分かってる、あしたの夜には白素材《シロ》つないだやつ上げるから」

テロップを焼き込んでいないシロの段階でよかった。それにしてもくだらない決まりだと思ったので「くだらねえ」とはっきり口に出す。

「誰がいちいち気にすんだよ、そんなとこ」

「まったくもっておっしゃるとおりだけど、思ってもみないところからちくちくやられる場合があるから、突っ込まれそうな要素はあらかじめつぶしておくんだよ。せっかくのVなのに、つまらないケチつけられたくないだろ？　昔は、車のヘッドレスト外したり、サンルーフから腕突き出して撮影するのも当たり前だったけど、今は絶対アウト。これからもっときゅうくつに小うるさくなっていくだろうけど、対応していくしかない――再生して」

「つくり直すって」

「そしたらがらっと変えてくるだろ、お前のことだから。もったいない、この状態で見ときたい」

「もの好き」

「Pの特権だから」

設楽は、栄のVが好きだと言う。栄は、人のVを見ると大抵下手くそだなと思うが、自分のVがどういいのか、自分では分からなかった。ただ、好きなように台本を書いて好きなようにつないで、足すべきもの（テロップや効果音《SE》や音楽）を足して仕上げる、という感覚しかない。

完成させ、オンエアしたものはもうどうでもよくなっている。大した値打ちもなく消費されて後には何も残らなくてけっこうだ。けれど設楽は、映画を観る時と同じ眼差しで栄のVを見る。もちろん、さっきのような放送上の決まりに則《のっと》ったチェックは入るが、基本的にはとてもリラックスして、駄目出しするつもりは全然なさそうで、実際されない。

「ここのカットいいな、制《制》作技《技》術発注した？」

「自分で回した」

「うまいなあ」

時々は、子どもみたいに無邪気に感心しながら。

「長回しなのにブレもないし、よく撮れてる。編集といい、どうして自分で何でもできちゃうの？」

「楽だろ」

答えなんか決まっている。

「自分がどうしたいかなんて、結局自分にしか分からねえんだから、自力でできるに越したことねえし」

「分かっててもなかなか実行できないよねー」

「カメラだって編集機だって、いくらでもマニュアルあんだろ」

「そういうことじゃなくて」

設楽は苦笑する。実年齢の三十三よりずっと老成して見えた。番組ひとつ背負うのは中小企業の社長になるようなものだが、役割を担《にな》うと人間老けるのだろうか。

「あ、メールで企画書ふたつ送ってるから。次のロケの台本も」

「また？　栄はいくつも出してくるから精査するのが追っつかない」

「若手はどんどんアイデア出せって言うだろ」

「言ったけどさあ……しかも面白いのが困る、ネックは金がかかるネタが多いことかな。もうちょっと番組予算に配慮してくんない？」

「それは俺が考えることじゃねえから」

「いつかは考えなきゃいけなくなるんだよ、お前だって」

そんなのはごめんだ。誰の顔色も窺わず、何らの最終的な責任も押しつけられず、ただ好きなVをつくって好きにオンエアを演出していたい。上の立場なんて割に合わないし面倒だし、何より、設楽のようにはできない。番組は巨大な生き物で、大事なのはそれぞれの機能と配置だ。心臓はアルコールを分解しないし、胃は酸素を供給できない。そしてすべてが正しく連結されなければ正常な生命活動が成り立たない。設楽は、とても鮮《あざ》やかに細かなパーツまで整えてみせる。有能と有用は必ずしもイコールではないし、元のスペックはひくくても、業務の内容とワークフローにすこし手を加えれば適材適所でばっちりはまる。力が発揮できればモチベーションも上がってさらに効率はよくなる。本人もよく分かっていないポテンシャルを過不足なく見抜いて最大出力に持っていく手腕が設楽にはあって、芸能事務所かプロ野球のスカウトマンでもすればいいと本気で思う。

「そういえば諸岡《もろおか》、特集につけてうまく回ってる。反射神経の要《い》る当日ニュースはテンパっちゃって駄目だけど、じっくり煮詰めて出す系の原稿書かせたらいいんだよな、ウラ取りもしっかりしてるし、ああいうのが一本入るだけで番組に厚みが出る」

「へー」

成果を鼻に掛けるタイプではないが、自分の采配《さいはい》について栄にはあれこれと説《と》く。あいつは粘《ねば》り強い、追い詰めたらすごいものをひらめく、大げさに褒めるくらいでやっと奮起《ふんき》してくれる、愛嬌があって場を和《なご》ませるから、なるべく演者《えんじゃ》とコミュニケーションを取らせる……栄にとってはことごとくどうでもいいので、あからさまに聞き流して途中で席を立つことさえあるのだが、設楽は懲《こ》りない。

「栄もそう思わないか?」

「知らね、てか何で俺に、わざわざそんなこと言ってくんだよ。天狗《てんぐ》になってねえでちょっとは自分を省《かえり》みろって婉曲《えんきょく》な説教?」

「そんな回りくどいことはしないよ。別に、栄に変わってほしいなんて思わないし」

「じゃあ何でだよ。その話、退屈なんだけど」

「栄は頭がいいくせに時々バカなんだよな」

「ああ？」

「俺がお前に教えてやれるのなんて、そのぐらいしかない」

設楽はそう言って、笑った。どこかへ行く人間を見送る時のような笑顔だった。

「Vでもカメラでも、俺よりはるかに上手いんだからさ。こんな部下持つと苦労するね。せめて、せせこましくPとしての沽券《こけん》を保とうと必死なんだよ、これでも」

バカはあんただ、と思う。撮影や編集なら、センスが駄目でも訓練と経験と自覚次第で伸びる余地はある。でも、設楽がやっていることは設楽にしかできない。

六分四〇秒のVが終わっても、設楽は最後のカットをじっと見ていた。目の前にエンドロールが流れているように。そして、いったい何のタイミングなのか、ふっと満足して目を逸《そ》らし
「よくできてる」と頷く。「制作・相馬栄」という、最後の一行が見えているのかもしれない。

「ロケ台本はきょうじゅう、企画書は週明けまでに見とくから。……ていうかね、口酸《くちす》っぱくして言ってるけど、まずはデスクの織田《おだ》さんに見せないと」

「あんな使えねーやつ通しても時間の無駄だろ」

最終的にはPの決裁《けっさい》で動くのだから、省略して何が悪い。

「こないだも『凱旋帰国《がいせんきこく》』とか恥ずかしいテロップ書いてたし」

凱旋という言葉自体に「手柄を立てて帰ってくる」意味が含まれている、と用語集をまともに読んでいれば分かるはずなのに、指摘されてさえ「え、何がおかしい？」ときょとんとして

いた。あの間抜け面《づら》の眼球に親指ぶっ刺してぇ、と何度思い返してもいらつく。

「それでも一応、組織には話通す順序ってものがあるから。俺が栄を子飼いにしてるとか言われるのは、お前だっていやだろ」

「もう言われてるの知ってる」

間抜け面は間抜け面のくせして、年下のPが悔しいのか、ほうぼうに設楽の悪口を触れ回り、そこには「態度のでかい新人を甘やかしてますます増長させている」というくだりも含まれているらしい。設楽は受け流し、敬語を使って先輩としていちいち立てているというのに。バカか、と腹が立つのは、設楽に対してだった。あんな低能に礼を尽くしたところで、向こうが恩に着るわけねえだろ。無駄だ。こうして、栄が怒るのだって徒労《とろう》なのになぜか憤《いきどお》りが抑《おさ》えられない。

「……奥んとこ行くの、忘れてた」

パソコンの電源を落として立ち上がる。

「あしたの晩再プレビューだからな、用事入れんなよ」

「了解。また奥さまに無茶ぶりしに行くのか？」

設楽が楽しそうに尋ねる。

「あいつがすぐオーバーに言うんだよ、俺にこき使われたって」

「いやいや、それより仕事熱心なのはいいけど、ちゃんと休んでるんだろうな」

「心配しなくても家でやってるから」

残業時間を天井知らずに積み上げると当然人件費もかさみ、労務管理上もよろしくなく、Pの評価にも関わる。だからそんなヘマはしない、と安心させてやろうとしたのに、「違うだろ」と強い語気で叱られた。

「お前の身体のことを言ってるんだ。毎日寝てるか?」

「寝ないと死ぬだろ」

「まさに寝なくて死ぬタイプに見えるんだよ」

大げさ、と一蹴《いっしゅう》して編集室を出た。ネタには賞味期限が早いものも多いから、早く予定を組んでオンエアしてしまわないと、タイミングを逃せば撮影すらできない。つくったVがつまらなくて没《ぼつ》になるのは仕方なくても、自分の手と頭が追いつかなくて見送るはめになるのは納得いかない。思いついたものはどんどん吐き出したい、そうしないと頭の中が渋滞する。

デザイン室に向かった。睦人のシフトはすでに把握している。「おい」と声を掛けると、モニターから振り向く段階ですでにいやな顔をしていた。

「げっ……」

「これ、発注したいんだけど。あしたのスタジオで使うCG」

発注書(複数枚)を机に置くと睦人は一瞬目を走らせてすぐに背ける。

「てめえふざけんなよ、こんな凝《こ》ったもん前日に持ち込んできやがって、ほかの仕事だってあるんだから」

「じゃあ口より手動かせ、下請《したう》け」

「次下請けっつったらまじで絶交すっから」

栄が置いた紙の上に手のひらを叩きつけると「できたら連絡する」とそれは憎々しげに請け負った。

「その代わり、誤字脱字以外のリテイクは受け付けねえから」

「んなもんお前の腕次第だろうが」

「あームカつく、ムカついて眠気が覚めてきた！」

「よかったな」

「うるせえよ」

睦人は局員ではなく、大半の外部スタッフがそうであるように、母体となるデザイン会社から旭テレビに派遣されている。常に複数名のデザイナーがシフト勤務しているが、睦人が群を抜いて上手く、そして速かった。ＣＧにしろテロップにしろ、ちょっとしたイラストにしろ、駄目なやつにやらせるとイメージからかけ離れた仕上がりになる。共通のテンプレートを作ってみたり、書体や色を細かに指定しても、違う。事件の相関図、建物の見取り図、ＶＴＲに差し込む簡単な動画……そういったオーダーを睦人に持ち込むと、ほぼリテイクなしで使えた。あれこれ説明しなくても、こっちが思った以上の完成度で納品してくる。

あっと驚くテクニックがあるわけじゃなく、本当にささいな文字のバランス、色の配置、画像のトリミングでこうも違ってくるのかと驚かされた。当の本人は「自分が気持ちいいと思うバランスで作ってるだけ」と言う。設楽によると、栄と睦人はそういう意味で似ているらしい。専門学校を出て、就職するとすぐ旭テレビに回された睦人は栄より二年長く働いているだけなのに、いくつもの番組のタイトルロゴやグッズをデザインしていた。

——採用されたらもらえる賞金目当てだよ。買い取りで権利ないから大しておいしい労働じゃなかったけど。

睦人は飛び抜けていて「いつかお前に過労死させられる」と恨み言は尽きないが栄のオーダーを断らない。そういう負けず嫌いなところも似た者同士だと言われた。大きく違うのは、睦人が周囲から好かれ、頼られている点だ。「奥さまごめんお願い！」と駆け込み寺さながらに急ぎの仕事を持ち込まれても「頑張ります」と引き受けて文句を（栄以外には）言わない。配慮と笑顔を忘れず、そこに無理も感じなかった。

午後十一時半頃、睦人からメールがあった。

『テラス集合。何か食うもん持ってこいよ』

社員食堂からつながっているウッドデッキテラスのベンチに行くと、睦人はもう来ていて「ほら」とクリアファイルをよこした。ＣＧのプリントアウトが挟んである。一枚一枚確かめると、相変わらず文句のつけようがないできばえだった。極論は「間違いがなければそれでいい」で、誤字脱字や発注側の事実誤認などを抜きにすれば後はもう個人の感覚なのだが、それでも睦人の仕事はいつも「これが完成形だ」と思わせる説得力があった。

「どう?」

「修正あったらメールで送る」

「そんだけ?」

睦人は呆れたように言った。

「急がせて悪かったとかよくやってくれたとか、嘘でも言えねーのかよ」

「嘘だったら言わないほうがいいだろ」

「そんなもん方便《ほうべん》だろ! 心から言え、つってんの!」

「量こなしたって時給制だから手取り変わんねえのに、よくやるよ」

「『よくやる』の意味違うだろ、つーかそれお前が言う? 相馬が入ってきた途端、デザイン室いっせいにうつむいて目逸らすの知ってた? タタリ神みたいに思われてんぞ」

こっちだって、その他大勢に用はない。

「相馬栄の鬼発注の犠牲者をこれ以上出したくないから俺が生け贄《い にえ》になってんだよ」

「ドMだな」

「何だと、それより食いもん持ってきた?」

催促《さいそく》に、煙草の箱を差し出してやる。

「食いもんじゃねー！　もらうけど。火」

ジーンズのポケットからライターを取り出し、投げる。睦人はゆっくりと最初のひと口を吸って細長く煙を吐き出した。

「生き返る……」

テラスは全面禁煙だが、屋内と違って火災報知器はないし、ささやかな庭園の小道にあるベンチは木立に隠れて目立たないいし、警備員の巡回はもっと深夜、という好条件がそろっている。

「そういえばさ、先週設楽さんと飲みに行った店、やばかった」

「何が」

「俺が、女の子としゃべりたい気分だったから、二軒目でふらっとガールズバー入ったんだよ。そしたら『下乳《したちち》バー』だった」

「何だそりゃ」

妙に真剣な睦人の表情と、頭の悪い単語とのギャップに笑う。

「女の子のタンクトップが超短いの、んで、ビアサーバーの注ぎ口がめっちゃ上についてて、ビール頼むたびにぐっと肩と腕が上がるから、こう……見えそで見えない的な……分かる？」

「よくそんなイロモノな店入ったな」

「入るまで分かんなかったんだって！　結局、ビール三、四杯かな？　飲んで、お会計お願いしますっつったら、請求書にいくらって書いてあったと思う？　六万円！　ビールふたりで十杯も飲んでないのに六万円！　ゼロ一個多い！」

「おかしなとこに入るからだろ」

「だからそんなの分かんねえって……やべえどうしよって俺超焦ったんだけど、設楽さんが、カウンターにすっと二万円置いて『逃げるぞ』って言って」

「言って？」

「……超逃げた。アルコール入ってたからきつかったー。怖いお兄さんが追いかけてくるんじゃないかって心臓ばくばくだよ」

「で、ひとり一万円？　高い勉強代だな」

「いや、設楽さん受け取ってくんなくて困ってる」

「別にいんじゃねーの。今度俺も連れてけよ。ふたりだけでそんな面白い目に遭《あ》ってねーで」

「お前、編集あるからって断った日だよ。つか、逃げるって決断するまでの、設楽さんのちゅうちょのなさがやばかった。さすがP、即断即決って感じ」

「散々ぼったくられてきてんだろ」

「だったらウケる」

睦人は地面で煙草をねじり消すと、ぱっと上体を起こして尋ねた。

「街中とかでさ、急に鏡見てびくってする時ない？」

「はあ？」

脈絡《みゃくらく》のない話の展開に何言ってんだこいつと思ったが、睦人はまじめな顔つきで続ける。

「自分で身構えて鏡の前に立つ時と違って、うっかり素を見ちゃうじゃん。誰こいつ、ああ俺、みたいな。そんで、寝ぐせついてるとか、きょうの服とかばんが合ってないとか、姿勢が悪いとか、気づく。設楽さんといると、時々そんな気分になる。全部が等身大で、悪いとこもそのまま映ってる、あの人にはそう見えてる、みたいな怖さ。P気質なのかな。相馬は平気？」

「別に。考えたことねえわ」

それはもちろん嘘で、でも、まさしくそのとおり、というくらいぴったり言葉にされてしまうと栄は抗《あらが》いたくなる。つまらない意地と天邪鬼《あまのじゃく》。思っていないことは言えない、という栄の性質は特にくるりと反転する。中間は存在しない。この場に設楽がいれば、それも見透かされて「あーあー」という笑顔に流されるだけだろうか。思えば、気持ちの悪い男とつるんでいるものだ。

「その面の皮、相馬も割とPに向いてるって思うけどな」

「んなわけねーだろ」

「人間関係に課題はありまくりだけど、お前、仕事に関しちゃ嘘も手抜きもねえじゃん。背中で引っ張ってくPになれると思うよ。視聴率《すうじ》にしても予算にしても、ほかの誰も責任取ってくれないんだから、Pが俺さまで何が悪い。俺は、お前がトップになってつくる番組、興味あるけどな」

「俺はねえよ、めんどくせえ」

こいつは唐突に何を言い出すのか、と思っていたら、本人も急に焦《あせ》ったようにTシャツの胸元をはたはたつまんだ。

「たまに相馬のことなんか褒めたら汗かいたわ。あっちー」

「知るか、勝手に口走ったんだろ」

「誰かさんのせいで寝不足だからかなー」

風を探すように夜空をしばらく仰いだものの、淀《よど》んだ無風にすぐ諦めて二本目の煙草をねだった。

「花火見に行きてーなー」

「暑いんだろ」

「花火なら我慢する。夕方ニュースから中継出ない？　シフトかぶってなかったら俺もついてって取材席の隅っこで見せてもらう」

「さあ」

気のない返事をした時、睦人が急にはっと身を固くする。そして栄の煙草を引ったくり、自分が吸っていたのとまとめてスニーカーの底でにじった。

「おい、」

「しっ」

手のひらで口元をふさがれる。

「誰か来る」

ささやきと同時に、がさっと植栽《しょくさい》が揺れる音、そして足音。視線だけを交わす。煙草さえばれなければ別にいいのだが、においが残っているし、うるさいやつだったら面倒だ。逃げる？　やり過ごす？　決められないうちに、蛇行《だこう》した遊歩道の向こうから現れたのは設楽だった。

「お、やっぱりここにいた」

「何だ、設楽さんか……」

睦人はぱっと栄から離した手を胸の真ん中にあて、はーっと息を吐き出した。指についた煙の苦さが、栄の鼻につきまとう。

「そんなに警戒するってことは、どうせ煙草吸ってたんだろう」

「へへ……そうだ、俺、まだ仕事あるんでもう行きます。お疲れさまっしたー」

吸《す》い殻《がら》を残らず手の中に握りこんで睦人が行ってしまうと、空席には設楽が収まってクリアファイルを手に取った。

「これ、奥さまの仕事？」

「そう」

中身を流し見ると、みるみる難しい表情になり深いため息をついた。

「この地図、一から作画させたのか？」

「だって必要だし」

「はあ……奥さまもなあ、たまには拒否ったっていいのに」

「本人に言ってやれよ」

「言ってるけど……俺にも煙草くれ」

「もうねえよ」

「何だ、がっかりだな」

「人をあてにすんな。……わざわざもらい煙草しに来たのか？」

それなら、正規の喫煙スペースに行ってお人好しを探したほうが手っ取り早いだろうに。

「違う違う。今、深夜ニュースで事故フィラー久々に出たから教えてやろうと思って」

すべての番組が放送を終えた真夜中、スクリーンセーバーのごとく出しておくフィラー画面（大抵は海やら草原やらの、いわゆるビューティーカット）は何の問題もないが、事故フィラーは、何らかの理由でオンエアが困難になった時、副調整室《サブ》より上の放送権限を持つ調整室《マスター》が出す「しばらくお待ちください」画面だ。ちょっと映像が乱れたとか演者が噛んだ程度ではもちろん現れない。そういえば、栄は入社してまだ見たことがなかった。

「何やらかした？」

「CM明け、全然違うV流しちゃって、CM前とつながらなかったらしい」

「もう出てねえんだろ」

「まだ出てたら大惨事だよ」

「じゃあわざわざ教えに来た意味は何なんだよ」

「ありましたよーっていう最新ニュースの報告。そういえば、フィラーの画像も奥さまが作ったんだけど知ってる?」

「知らねえ」

「去年、新しくしようかって話になって。古くさいのも味があって俺は好きだったけど、奥さまの、上からも評判よかった」

「見たいからうちでも出そうぜ」

「冗談でもやめてくれ……奥さま、フリーになればいいのに。そうすりゃもうちょっと報酬の面では報《むく》いてやれる」

「フリーなんか、むしろどんどん切ってく流れだろ。何かあった時面倒だからって」

「世知辛《せちがら》いよね、何かあった時に局の身を守ることしか考えてないんだから。奥さまは何とでもなるよ、構成作家の人がやってるみたいに、名目上出演者扱いにしてギャラ伝票で処理するとか。でも本人がこのままでいいですって言うからなあ。事務所に迷惑かかるかもしれないからって」

「アホだな」

「義理堅いと言いなさい」

「それがアホなんだろ。ところで、フィラーってどういう意味?」

「埋《う》めるとか塞《ふさ》ぐとか。整形の時に注入するのもフィラーって言うらしいぞ」

「げ、気持ちわりい」

「そういえばお前、配置希望まだ出してないだろ」

「忘れてた」

十月の人事異動を前に、配属の参考にするらしいが、実際どの程度反映されているのかはブラックボックスだ。ひょっとすると人事にも設楽のような目利《めき》きがいて、あれこれ人間のパズルを試しているのかもしれない。

「俺が書いても絶対通らねえだろうから、敢えて行きたくないとこ書くかな」

「前半部分、否定はしないけど、小細工はやめといたほうがいいぞ」

笑って釘を刺してから「栄は制作もいいんじゃないかと思う」と膝の上で頬づえをついて栄を覗き込んだ。

「何で」

「あんま、がちがちにニュースなVより、ゆるかったりはっちゃけたテンションのほうが面白いから。ほら、こないだの、取材中急に泣き出したセクハラ都議《とぎ》の原稿なんか『涙腺《るいせん》に変調をきたし』って、書かないだろ普通。副調整室も皆笑ってた」

「単純に素材の違いだろ」

お堅いニュースを面白がって見る奇特な人間はなかなかいない。

「それだけじゃない。ニュース番組だから、その枠からはみ出さないようにぎりぎりのところでセーブしてるだろ？　周りが思うより抑制的《よくせいてき》だからね、お前は。ストッパーを外してみたらどんなものをつくるのか興味がある」

制作。考えたこともなかった。たとえば、経理や人事や編成に行かされるのを考えもしないのと同じで、今以外の現実を栄はあまり気にしない。その時になってしか分からないのだから無駄だと思う。

「奥さまも言ってたよ、意外にも笑えるのつくるんですよねって。お前の独特のテンポとか色彩感覚とか、振り切ったバラエティあたりですごく活《い》きるんじゃないかと思う」

「分かんね」

「またそんな気のない返事しやがって」

べた凪《なぎ》の夜は空気がねっとり凝《こご》ってまとわりつく。都会のビルの明かりもますます温度を上げているようでうっとうしい。このあたり、一斉に停電しねえかな、と思った。フィラーも出せない断線。ライトに照らされた緑が落とす葉影は闇より深い緑色だった。夏の植物は、臆面《おくめん》もなく何もかもが濃い。

「Pなんだから、スタッフの査定はしてんだろ」

「そりゃまあ、お仕事だし」

「そこに書いてんの？　うちじゃ手に負えねえから制作で引き取ってくださいって」

あんたの鏡に映る姿がいびつすぎて。

「どうでしょうねえ」

設楽はわざとらしくそらとぼけてみせる。

「まあ、制作行ったら、お前みたいにアクが強いのも、社会不適合者もごろごろしてるから楽だとは思うよ。外のタレントさんなんか、それこそ常識が通用しなかったりするしね」

無理、と栄は言った。

「俺みたいな人間が、他人の非常識に寛容でいられると思ってんのか？」

「すごい説得力だ」

設楽は声を上げて笑い出した。

「おい、うるせーよ、見つかったらどうする」

しまっていた煙草を二本取り出し、一本を設楽の口に突っ込んだ。

「……もうないんじゃなかったのか？」

前歯で軽くくわえ、不明瞭な発音で尋ねる。

「気が変わった」

「お前ね」

「いいだろ、分けてやってんだから。ほら、火つけんぞ」

ライターのちいさな炎に、二本の煙草を寄せ合う。オレンジの光に照らされて、設楽の瞳の中心がぽつっと白く見えた。今、ここには何が映っているのだろう。制作に行ってなじんでいる栄が、やっぱりうまくはまったと満足する自分自身か。鏡を曇《くも》らせたくて、自分の姿を消したくなくて、口を開いた。

「……奥が、花火見たいってよ」

「行く？　いつ？」

「行かねえよ、中継出すんなら潜《もぐ》り込ませてくれって」

「今んとこ予定ないな。出すにしても、夕方ニュースだと早すぎるだろ。クライマックスはもっと遅いし」

設楽は夜空に煙を漂わせると「花火は冬のほうが好きだな」とつぶやいた。

「夏は、煙とか音とか、いつまでも余韻がしつこい感じでさ。冬の、つめたくて乾いた空気の中でぱっと開いて、そのまま気配も残らないようなのがいい。栄は？」

「どっちも興味ねえな。花火なんか一分見りゃじゅうぶんだ、飽きる」

「映画館だと、地球一周しそうなエンドロールでもおとなしく見てるくせに」

飽きる飽きないの問題じゃなく、単なる習性だ。うちの地元じゃ年柄年中花火上がってるよ、と言おうかと思ったが、誘っているようなものだからやめた。

梅雨が明けて、本格的な夏が来た。栄は、仕事の合間を埋めるように設楽と睦人と、あるいはそのどちらかと、映画を観て飲んだ。帯番組はコアな拘束《こうそく》時間が決まっていて後は自分の裁量《さいりょう》次第なので、記者より時間は捻出《ねんしゅつ》しやすかった。設楽も睦人も、栄の攻撃的なところに怯んだり怒ったりせず、栄は栄で、ふたりになら多少踏み込んだもの言いをされても腹は立たなかった。花火には結局行かなかったが、適当な映画館に飛び込んで二時間ばかり黙って、それからとりとめない話をした。夜が明け、酒が抜けると忘れてしまう程度の会話で、だからよかった。

そしてあっという間に夏が終わろうとしていた。すくなくとも、カレンダーの上では。盆《ぼん》を過ぎ、高校野球も終わり、長期バカンスのない大人にも何かしら取り戻せないものを失うような気持ちを抱かせる、八月の末、久しぶりに三人で飲んでいた。

「相馬、こないだ中継で記者の女の子インカム越しに怒鳴りつけて過呼吸にさせたってまじ?」

「よくそんなどうでもいい情報拾ってくんな」

酒がまずくなる。

「てことはデマじゃないんすね、設楽さん」

「まあ、だいぶ泣いて、目が真っ赤になったから、五時台で入れるはずだったのを急きょ六時台に変更はしたよね」

ピスタチオの殻《から》を剝《む》きながら設楽が答える。

「いちいち言うな」

「一概《いちがい》に栄が悪いわけでもないから」

「何でキレたんだよ」

「それ聞きたきゃきょうはお前がおごれよ」

「えー、じゃあ一杯だけな。すいません、ニコラシカの砂糖抜きと、俺は……ビールでいいや、ブルックリンラガー」

「何で勝手に決めてんだ」

「どうせおごるなら強い酒のほうがこっちも得な感じして」

「意味が分かんねえよ」

「で、何で泣かしたって？」

どうしてこんな話題に興味津々《しんしん》なのか、こいつの好奇心旺盛《おうせい》にはほとほと呆れる。栄は空《から》のグラスのふちを指先で叩きながら「ピアス」と言った。

「死亡事故の現場から中継だっつうのに、でかいピアスちゃらちゃらぶらさげてやがったからだよ」

思い出したらいらつきがよみがえってきた。指先は爪先に変わり、こつこつと癇性《かんしょう》な音を立てる。

「Dが言わないのもまずいけど、自分で気づけっつうの、ありえねえだろ」

しかも、外せとインカム越しに指示すると「えっ、でもこれ、お母さんが成人式に買ってくれたやつで、初めての中継の時にはお守り代わりにつけるって決めてて……」とひとつも納得できるポイントがない言い訳を始めたのでつい「そんなもん知るか！」と怒鳴りつけた。しかしあの状況なら自分じゃなくても怒鳴るはずだ、と主張すると設楽に笑われた。

「『今すぐ耳ごとちぎってママに預けてこい』までは言わないんじゃないかな」

「言ったっけ」

「言った言った。まあ、まだ新人だし、長い目で見てあげて」

「冗談じゃねえよ、もう何ヵ月経ってんだ」

「自分を基準にするなって」

バーテンダーがカウンター越しに差し出したグラスからレモンを取って噛みしめる。舌や頬の内側をしびしびさせる酸味で口の中をたっぷり浸《ひた》してからぐっとブランデーを呷った。砂糖がないほうが強烈で好きだと、三度目に飲んだ時に気づいた。迸《ほとばし》ったレモンの果汁がじわっと顎《あご》の裏を疼《うず》かせ、耳の後ろにふるえが走る。それをアルコールで洗うのが気持ちいい。レモンの皮も飲み下して唇を拭《ぬぐ》っていると「そんな一気すんなや」ともの言いがついた。

「人のおごりなんだから」

「勝手にオーダーしといて、飲み方にまでがたがたぬかすな」

そもそも、ちびちび舐《な》めるようなたぐいのカクテルではない。

「それにしてもあれだな」

と言う睦人の唇の端には白い泡がくっついていたが、しゃべるにつれすぐ弾《はじ》けて見えなくなる。その泡の香ばしい苦さを、何となく舌に思い描いた。睦人はけっこう甘いものが好きで、デスクの上には常時チョコやキャラメルがお供えみたいにちょこんと置いてあるし（本人の弁によると「女の子が面白がって持ってくる」らしい）、飲んだ時もひとりだけアイスやシャーベットで締めたがる。でも、甘い酒は飲まない。

「相馬がそんな常識的なことで怒るんだーって、新鮮な気持ちになる」

「どういう意味だ」

「いや、怒る理由は割と常識的なんだ、いつも」

設楽は口を挟むと、氷なしのバーボンソーダを頼んだ。

「非常識っていうか、度を越してるのは表現の仕方で」

「あ、なるほど」

「うるせえよ」

軽口をたたき合いながら更《ふ》けていく、いつもの夜だった。まだ三ヵ月程度のつき合いで、

「いつも」と呼べるほどのルーティンじゃない、それでも栄は、時々、ずっと前からこいつらとこうして飲んだりしゃべったりしていた気がした。設楽と睦人、ふたりで意気投合していたところに加わったとか割り込んだとか、そういう感覚はまったくなく、全員がフラットで自然だった。約束のきゅうくつさとも連帯の見苦しさとも無縁だ。平日だが日付も回っていないし、まだまだ飲める。眠くなったら近所の映画館で休憩してもいい。とても自由な気分だった。何も怖くなかった。何かが怖いのかと訊かれればそんなはずはないのに。

次は何を飲もうかと考えていたら、スツールとジーンズのポケットの狭間《はざま》で携帯が鳴った。

「何だよこんな時間に……」

記者時代なら何かあったなと舌打ちしているところだが、今は心当たりがない。手当たり次第人員をかき集めなくてはならない事態なら、まず設楽に連絡があるはずだ。水を差されたいら立ちにため息をついて発信者を確かめると、確実に朗報《ろうほう》ではありえない相手からだった。ますます気が重い。脚の長いスツールから飛び降りるようにしてカウンターを離れ、トイレの近くまで引っ込む。

「もしもし。俺――え？　ああ、うん……分かった」

予想どおり、グッドニュースではなかったが、最悪というほどの報《しら》せでもなく、結論から言うとまだ飲みを続行できる。席に戻ると両サイドからの視線を感じた。

「何の電話？」

設楽が尋ねる。

「間違い」

「嘘つけ、さっき顔が暗くなったぞ、何かよくない話だったんじゃないのか？」

出まかせはすぐに見破られ、睦人も何事かと注視してくるので、スルーを諦めて「じいさん」と白状した。

「おじいさん？　が、何だって？」

「ばあさんが転んで足折ったから病院に行ったって、そんだけ。以上、現場から」

適当に締めくくって飲み直そうとしたのに、睦人が「以上じゃねーよ」と突っ込んだ。

「ばあちゃんってことは結構な年だろ？　年寄りの骨折って大変だぞ、お前んちどこ？」

うっとうしい流れになった。栄は顔をしかめて片手を軽く振る。

「熱海《あたみ》だよ。今から行けるか」

「何で、全然行けるじゃん。行こうぜ、俺たちも行ってやるから」

「はあ？」

耳を疑った。「そうだな、行こうか」とあっさり同意した設楽にも。

「せっかくだから新幹線乗ろうか、終電まだだよな」

「あ、俺、携帯で予約しますよ。こっからだと品川のほうが近いか……はい、二十二時五十四分発のこだま三枚取れましたー」

「よし急ごう、すみません、チェックお願いします」

「あ、俺のぶん後で精算しますね。相馬のニコラシカと」

「ざっくり三千円でいいよ」

「え、安すぎ」

「おい、お前ら勝手に決めんな」

当事者を置き去りにした会話にやっと割り込んで抗議する。

「背骨とか頭蓋骨《ずがいこつ》折ったわけじゃなくて足首で、ていうか死んだわけでもねえのに何でわざわざ行かなきゃならねえんだよ。向こうだって単なる業務連絡で、来てほしいなんて言ってねえし」

「バカだなあ、相馬は」

睦人が実にあっけらかんと言い放つ。ほかの人間にこんな発言をされたら即座に絞め殺してやりたくなるだろうに、こいつが「きょうはいい天気だなあ」とか「腹減ったなあ」と同じ口調で言うと、怒りが空振《からぶ》りさせられる。毒気《どくけ》を抜かれるというやつか。

「死んだらもう間に合ってないんだから、慌てなくていいんだよ。生きてるから急いで会いに行くんだろ」

ほらほら、と強引に急《せ》き立てられて店を出ると、品川駅からこだまに乗り込んだ。遠距離通勤のサラリーマンで車内は案外混み合っている。

「相馬のばあちゃんって今いくつ？」

三列シートの真ん中に座った睦人が尋ねる。窓側の栄は「知らねえよ」とそっけなく答えた。

「年なんか、気にしたことなかった。ばあさんはばあさんだ」

記憶の中で、祖父母はずっと「老人」のカテゴリーだった。引き取られてからの十七年間で

その老人具合をさらに熟成させていっただけの話だ。

「親御《おやご》さんは？」

今度は通路側の設楽が訊いた。

「さらに知らねえ、てか戸籍上はじいさんばあさんと親子だから」

小学校に上がる年に両親が離婚し、どちらもひとり息子の引き取りを拒否したから、母方の祖父母がその尻拭《しりぬぐ》いを引き受けるはめになった。貧乏くじもいいところだ。その話をすると睦人は「へえ」と平気な顔で言った。

「お前がひねくれてんのって、そういう生《お》い立ちのせいかな？」

「どんだけ単純バカだよ」

呆れて窓に頭をもたせかける。

「離婚家庭なんか腐《くさ》るほど転がってる」

「だな」

睦人は笑った。

「うちの親も離婚してるし――あ、車内販売来たらスジャータのアイス買いたい。ワゴン来るかな？」

「こだまは車内販売ないぞ」

「まじすか。コンビニ寄ればよかった」

無理やり連れてきた割には（そしてついてきた割には）、設楽にも睦人にも、祖父母がかわいそうだとか栄の背中を押してやらねばとか、その手の同情や使命感が窺えず、単純に想定外の遠出を楽しむふうだった。「せっかくだから新幹線」なんて言うくらいだし。その無責任なのんきさに腹は立たず、むしろ栄は安心した。もしも肉親の絆《きずな》についてしたり顔で説かれていたら即座に沸騰していただろう。三人は三様に身勝手で、都合のいい時に声をかけ合い、都合のつくやつがきて各々《おのおの》満足したら好きなタイミングで帰る。遠慮もなければ感謝もない。気ままさの釣り合いが取れている、こいつらといると妙に居心地いいのはそのせいだと、不意に気づいた。いちいち口にしようとは思わないが。

「電話してくる」

栄は立ち上がってデッキに行き、祖父にかけ「そっち行くから」と告げた。すこし眠たそうだった祖父の声が急に「なに？」と大きくなる。

「だから、行くから」

『そんな大層《たいそう》なことじゃないぞ』

「分かってる」

『なら……』

困惑している、無理もない。高校を卒業してから寄りつきもしなかった孫（兼息子）がいきなり帰ってくるだなんて、お前こそ頭にけがでも負ったのかと訝しんでいるかもしれない。

「もう新幹線乗ってるから、あと三十分もしないうちに着く。病院は？」

『A病院だが、この時間じゃ面会はできないぞ。ばあさん痛み止め打たれて眠ってるから、俺も家に帰ってきてる』

「じゃあ、とりあえずそっち行くから、鍵だけ開けといてくれ」

『……分かった』

たぶん、どうしたんだ、と訊きたいのに訊けないのだろう。どんなことを考えているのか、なぜそうするのか、そんな当たり前の会話さえ、一緒に暮らしていて交わした記憶がない。栄は自分の中で結論が出て、伝達の必要がある事項だけを伝え、祖父母がそれについて異を唱《とな》えることもなかった。別に険悪な関係ではないが、淡々とした、感情の希薄《きはく》な生活だった。栄には子どもらしさやかわいげというものが備わっていなかったし、偏屈《へんくつ》な子どもを押しつけられた祖父母には、負い目や義務感、それにすこしの煩《わずら》わしさがあったと思う。そして、煩わしく思うことへの罪悪感も。

車両に戻ると、睦人と設楽がひとつずつ席をずれ、通路側が空いていた。

「おい」

「いいじゃん、そっち座ってろよ。どうせ窓の外真っ暗だし」

確かに、奥に行くのも面倒だから目の前のシートに腰を下ろす。

「設楽さん、B席だけシートピッチ広いって知ってました?」

「え、そうなの?」

「数センチ違うらしいですよ。真ん中って圧迫感あるから」

「言われてみれば若干ゆとりがあるようなないような」

そもそも、男三人で暑苦しく横並びになる必要はなかったのだ。しかし、旅というには近すぎる目的地にもうすぐ到着しようとしている。設楽と睦人は、他局の番組のあれが今すごくい い、というような話を始めた。目を閉じれば、雑踏《ざっとう》や店の中で耳が拾う、見知らぬ他人のおしゃべりに聞こえる。それはよそよそしいという意味ではなく、この会話に何か思ったり入っていったりする必要がないという気楽さだった。「間もなく熱海です」というアナウンスが聞こえてくる。

祖父母の家は、駅から坂を下って十五分ほどの路地裏にある。一応は繁華街とされていて「熱海銀座」なんていう名前も昔は冗談にならなかったのだろう。今となっては、真夜中という条件をさっぴいてもしょぼいのが一目瞭然《いちもくりょうぜん》だった。シャッターの下りた干物《ひもの》屋や温泉まんじゅうの店を目にしても懐かしさなどかけらもなく、ただただうんざりする。この街が新婚旅行やリゾートのスポットとしてにぎわった往時《おうじ》などもちろん栄は知らないのだが、至るところにその名残《なごり》があり「昔はねえ……」と語り出す人間がいる。それがいやなのだ。もっと田舎の、一貫《いっかん》してくたびれた土地ならこんないら立ちは感じなかっただろう。

商店街のアーケードから横道に入ったところにある家の前で「ここ」と立ち止まると、睦人は外観を見上げ「まじ？」とつぶやいた。

「まじでお前んち？」

「こんな時間に他人の家に行かねえよ」

「え、設楽さん知ってました？」

「いや、俺も初耳……」

ふたりの視線は、コンクリート二階建ての建物にかかる「海燕座《かいえんざ》」という看板に吸い寄せられている。オールドなゴシック体からはだいぶペンキが剝《は》げて木の地肌が覗き、隅っこに描かれたつばめの絵はもはや古墳壁画のような趣《おもむき》があった。外壁に取りつけられた掲示板に貼ってあるポスターは元々のレトロと日灼《ひや》けが相俟《あいま》って、妙に心霊写真っぽい。

「映画館、だよな」

「図書館に見えるか？」

ぼろくなったな、と栄はまず思う。自分がここに来た時点ですでに相当時代遅れな施設ではあったのだが、老化というか風化が進んでいる。この一帯だけ、昭和ののっぺりくすんだフィルム写真の色彩を保ったまま、すこしずつ褪せていくみたいだ。

「超かっこいいじゃん！『ニュー・シネマ・パラダイス』みてー！」

睦人はいきなりテンションを上げて設楽に「こら」とたしなめられていた。

「名画座だよな、いわゆる」

「どう見たって封切《ふうぎ》り館じゃねえだろうよ、さっきから当たり前のことばっか言いやがって」

写真を撮りまくる睦人を放っておいて、建物の端っこにひっそりある扉を開けた。映画館の一部が、細長いうなぎの寝床式の住居になっていて、玄関に入るとすぐに祖父が茶の間から出てきた。

「栄……」

目にしてもなお信じられないといった顔でまじまじ栄を見つめ、ためらいがちに「おかえり」と言おうとしたのだろうが、栄は先に「起きてなくていいのに」と口を封じた。

「そういうわけにはいかんだろ」

「何で、盗《と》るもんもねえだろ」

建物と、街と、同じ速度で祖父も朽ちていくのか、しわの刻まれ方、白髪頭のぱさつき加減、すべてが年寄りとしてのギアをまた一段入れた侘《わ》びさびを感じさせた。しかし、栄の後ろから同行者二名がひょいと顔を覗かせると、どんよりくすんだ瞳が未知の刺激にすこし活気を帯びる。もちろん、警戒やおそれによるものだが、祖父がぎょっとふたりを見た瞬間、栄は、あ、生きてんな、と思った。感情がちゃんと表に出た。

「こんばんは」と設楽が頭を下げる。

「夜分遅くに失礼します。ところで上映作品の選定はどなたが？　『牯嶺街少年殺人事件《クーリンチェ》』と『危《やば》いことなら銭になる』の二本立てって、すごく趣味が合う気がするんですが」

何の話だよ。

「設楽さん、そのあいさつたぶん間違ってます」

「あ、ごめん、つい」

祖父がおそるおそる「栄の知り合いか？」と小声で尋ねると、聞き取った睦人がすかさず答えた。

「あっ、はい、友達です」

友達、という自己紹介には、つねに半分閉じがちな老人のまぶたをリフティングさせるインパクトがあったらしい。一気に目を見開いた。

「はあ、友達……栄の……」

「で、すいません、俺たちも勢いで来ちゃいました」

「お邪魔はしませんので、どうかお構いなく」

「わざわざ、東京から？」

「すぐですから」

祖父はいよいよ狐《きつね》につままれたような顔つきで「いつも孫がお世話になっとります」と型どおりのあいさつをした。それから遠慮がちに「今夜はどうするんだ」と声をひそめる。

「泊まっていってもらおうにも、うちには客用のふとんなんか……」

勝手に来たんだから勝手にどこかで夜を明かすだろう。廃《すた》れているなりに観光地だからホテルはたくさんあるし、もしなくても男だから何とでもなる。しかし睦人はまた勝手な希望を述べた。

「あのー、もしよかったら、映画館見せてもらえませんか？」

「は？　何言ってんだお前」

「雰囲気あるし、せっかく来たんだから中も見たいなって。設楽さんも見たいですよね？」

「あ、ご迷惑でなければぜひ」

こんな時間に他人の家にやってくるだけでご迷惑に決まっている。でもそうと分かっていて口に出せる図々しさが設楽にはある。

「別に構いませんが……狭いし、何も面白いものはありませんよ」

「あ、全然いいっすー」

「じゃあ、今開けますんで、入り口のほうで待っててください」

壁に留めたフックから劇場の鍵をつかんだ祖父を「おい」と制止した。

「言うこと聞く必要ねえから」

「でも、お前の友達なんだろう？」

「そんなんじゃねえって」

別に「そんなん」でもいいのだ。今のところ居心地がいいから気が向いた時一緒にいる、その関係を睦人がどう定義しようと構わないはずだった。なのに、強く否定してしまうのはなぜだろう。友達という存在の実感が、自分の経験の中にないからか。

祖父は「でも」と繰り返した。

「お前をここまで連れてきてくれたんだろう」

プラスチックのプレートがついた鍵束を握り、すぐ隣に回ると、丸く平べったい把手《とって》がついた両開きのガラス戸を開ける。把手《とって》にぶら下がった「上映終了」という看板が揺れる。

「照明をつけますんで、しばらくお待ち下さい……はい、いいですよ」

両側の壁に白茶けたポスターが並ぶ、急な階段を上れば、ロビーとは名ばかりの空間に自販機と、あちこち破れてスポンジが露出した黒いソファ（栄もだいぶむしって容量を減らした）が置いてある。祖父は、客席に通じるえんじ色の扉を引いて「どうぞ」と中に促《うなが》した。

「うお、やっぱ中もめちゃめちゃいい感じ！　九十席ぐらい？」

同じ規格の椅子が並んでいるだけなのに、睦人は興奮してあちこちうろつき回る。目線もすぐに行き止まる場内を、栄はしばらく立ったまま眺めた。こんなに狭かったっけ。局の試写室ぐらいじゃねえか。半分、ここが家みたいなものだったから、暗さ、きゅうくつさ、カーテンのかびくささ、足で感じる傾斜《けいしゃ》、非常口のぼやっとしたグリーン、話し声の響き方。五感で受け取ったすべてを一生忘れないだろうと思っていたのに、改めてせせこましさとぼろさに戸惑う自分がいて、人の記憶など実にあやふやなのだと思い知る。十八までは熱海にいたので、身体が大きくなってスケール感が狂ったわけではない。

「よければ、映画、ご覧になりますか」

祖父の申し出に、ふたりとも「よろしくお願いします」と諸手《もろて》を挙げて乗っかった。

「おい、いいから寝てろよ、あしたも開けるんだろ」

「ばあさんがあれだし、しばらく閉めるよ」

言葉の裏には、どうせ誰も来ない、という自嘲めいた諦めがあった。どうやら老朽《ろうきゅう》化と過《か》疎《そ》化《か》はきっちり足並みをそろえているらしい。当たり前だ、今時、昔の映画なんて家でいくらでも安く気軽に見られる。名画座なんてものが文化的価値を認められ、生き延びられるのはかろうじて東京くらいのものだ。人がいて、金が回っていくところ。新幹線でものの一時間足らずが生む格差。ここも、市内唯一の映画館とかで、お取りつぶしの話が出るたびにもの好きな連中に守られて細々続いてきたが、祖父母の健康事情から鑑《かんが》みてもそろそろ潮時《しおどき》だろう。栄は、海燕座がにぎわっていた時代をまったく知らない。時の流れから置き去られた閑散《かんさん》が似合うし、もし繁盛《はんじょう》していたらうっとうしくて寄りつかなかったかもしれない。寂れててよかった、と心から思う。

場内の照明が落ち、スクリーンのカーテンが、ぎ、ぎ、とつっかえながら開いて間もなく、白黒の映像が現れる。観客の、三人中ふたりが拍手した。栄は最後列の端、設楽はど真ん中、そして睦人は最前列の中央に陣取っていた。新幹線とは打って変わってばらばらで、こっちのほうが落ち着くと思った。栄の背中は、映写機のかすかなうなりを聞いている。三十五ミリフィルムを回し、レンズからスクリーンに光と影を投げる音。映写機から放射される光の中、微《び》細《さい》なほこりのようなものがゆっくり滞留《たいりゅう》するのを見るのが好きだった。時にそれは映画そのものより面白くていつまでも見入ってしまうほど。

喜んでいたくせに、前方で睦人の頭がこっくりこっくり揺れ、じきにかくっと落ちて動かなくなった。寝落ちしたようだ。古い椅子は、肘掛《ひじか》けを持ち上げて身体を横たえることもできない。ホテルも取らずこんなところでひと晩なんて、つくづく酔狂《すいきょう》が過ぎる。解像度の低い映像をぼんやり眺めているとテレビのなめらかさに慣れすぎた目がかすんでくる。設楽が腰を屈めて立ち上がり、外に出たかと思えばすぐに戻ってきた。

「席、ひとつ詰めて」

栄の隣に座ると、コーラの缶を差し出す。

「映画っていうと、なぜかこういうのが欲しくなるんだな」

「ポップコーンねえけどな」

プルタブを起こす音がふたつ、重なる。冷房の効きが悪いので、つめたい炭酸はことのほかうまかった。

「栄の夢が白黒なのって、ここでこうやってたくさん映画観てきたからか？」

「さあ。それより前からかもしんねーし、はっきり覚えてない」

「観放題だったんだろ」

「ほかにやることなかった」

平日は学校が終わったら、週末はオールナイト上映、栄は劇場に入り浸《びた》った。やりたいことも打ち込むこともなかったから、他人の、偽《いつわ》りの人生を垣間《かいまみ》見ていた。暗がりで黙って映像を見ていると時間が速く流れていくようで、その無為《むい》が心地よかった。作品は何でもよく、数週間のスパンで変わっていく映画を何度でも見た。どれが好きだとかもいちいち考えなかったが、カメラワークや台詞がしぜんと頭に刻まれるものがいくつかあり、また別の何かに上書きされた。最後には色彩だけが残る。ちいさな暗闇に、いろんな客が来た。映画マニアも、酔っ払いも、さぼって昼寝したいだけの会社員も、いちゃつきたいだけのカップルも。皆、栄とは何の関係もなかった。ぺらぺらのスクリーンの中の出来事と同じくらい、何もかもが等しく無関係なこの空間で栄は大きくなった。

「……ずるいな」

設楽がつぶやいた。

「こんなとこで、映像を浴びるようにして育ってきたんだろ。どうりで、お前の仕事はVにしろ演出にしろ、人の目を引いてよくできてる。魅せ方の感覚が理屈じゃなく身についてるんだろうな」

「大げさだろ。まじめに観てたことなんか一回もねえよ」

居眠りも上の空も当たり前だった。映画業界を志《こころざ》す気持ちにもならなかったし、テレビ局に就職したのは単にマスコミ関係の選考が早いからという理由で、子ども時代の空費《くうひ》を何かに活かそうとも活かせるとも思っちゃいなかった。強《し》いて言うなら、ふかふかのベッドよりむしろ固い椅子で熟睡できる特技は金払い以外ブラックなテレビ業界において結構便利、栄にとってはその程度のものなのに、なおも設楽は「うらやましいな」と静かな横顔で言うのだった。

「俺は一生、お前には勝てないんだろうな」

唐突な台詞に、びっくりした。冷気をどんどん水に変えて濡れていく真っ赤な缶が手から滑《すべ》り落ちそうになる。ここの座席には、ドリンクホルダーさえついていない。

「何だよ」

栄の視線に気づくと、ふっと笑みを浮かべてみせる。笑っていたほうが楽だという理由で笑うやつの笑顔、と思うと、一瞬、缶の中身を頭からかけてやりたくなったが、どうしてなのかは分からなかった。

「俺にだって、ディレクターとしての対抗心ぐらいあるよ」

「……初耳」

じゃあの物分かりいい余裕げなツラは嘘かよ、と訊きかけたが、設楽は続けて言った。

「時々お前が、憎らしくてたまらない」

缶のふちを、唇に押し当てる。黙ってコーラを飲む。ごくりという喉の音がやけに大きく聞こえる。いちばん前にある睦人の頭は微動だにしない。


栄もいつの間にか眠ってしまい、起きた時スクリーンは白紙で、扉は開け放たれていた。睦人は同じ体勢で寝ていたが、飲み干したかどうか定かでないコーラの缶も設楽も見当たらない。立ち上がってロビーに出ると、設楽がソファに座っていた。

「おはよう」

壁掛け時計は七時半を指している。案外よく眠ったものだ。

「さすがに椅子寝はこたえるな」

栄は何も言わず、脚つきの吸い殻入れの前に立って煙草を吸った。設楽らしくないあの発言が夢かも、と思い始めるとコーラ以降のすべてが現実でなかった気もするし、判然としない。

「栄、そのうちここ継ぐのか？」

「継ぐわけねえだろ。商売になるかこんなもん」

はっきりいって採算《さいさん》はまるで取れていない。祖父母が市内にいくつか持っている物件の家賃収入と年金で生活は成り立っている。築半世紀以上経つ建物の傷みも激しいし、映画館をたたんだ後は土地ごと市に譲る話がすでについているらしい。相続しても持て余すだけだから、栄としてもそのほうがいい。心情的にはダイナマイトでこっぱみじんにしてくれたほうがすっきりするが、自分の持ち物ではないから口出しするつもりはない。こっちに面倒が降りかかってこない方法で始末をつけてくれるのならそれがいちばん楽、と考える自分の中には、祖父母の死がそう遠くない既定路線として存在する。新人のピアスを怒鳴りつけたって、結局人間の程度は似たようなものだ。

「もったいないよ」

設楽が、ヤニで黄ばんだ壁を撫でる。

「俺も、年取ったらこんなちいさな映画館でもやって暮らしたい」

「じゃあじいさんから買い取れよ」

「迷うな、どうしよう」

早くも枯れた展望を述べているが、ゆうべの設楽はそうじゃなかった。

「あんたさ、」

それを問いただそうとした時、睦人が大あくびとともに出てきた。

「あ〜全身いてえ〜……おはよーございまーす。腹減った」

「よく寝てたな。……栄、何か言いかけた?」

尋ねられたが、かぶりを振った。家の前を掃《は》いていた祖父に「行ってくる」とだけ声をかけ、ひとりでタクシーを呼んで病院まで行った。祖母も祖父同様に驚いていたが、弾まない会話の後、自分がベッドの上で身動きできないくせに「身体に気をつけるんだよ」と言った。ごくごく短い滞在でかたちばかりの見舞い（というか生存確認）をすませて病院を出ると、設楽からメールが届いていた。

『サンビーチに来てる』

もう陽が高くなって暑いというのに、男ふたりで海岸とはまたどうかしている。アホすぎだろ、と呆れながらも再びタクシーで向かうと、朝の海は早くも水平線をきらめかせ、砂浜まで光をたたえて目も開けられないほどまぶしかった。映画館の暗がりとは別世界だ。そういえば、と思い出す。映画を見た後で外に出ると明るんでいたり暗くなっていたり、雨が降り出していたりやんでいたり、もぎられた半券と一緒にひととき世界から切り離されたあの感じ、嫌いじゃなかった。ささやかに損したような、得したような。睦人が、栄を見つけて大きく手を振った。

「はえーな！　ばあちゃん、どうだった？」

「生きてた」

「当たり前だろー」

ばば不孝者、と栄の肩を軽く小突《こづ》いてから「でも間に合ってよかったな」と笑う。そして波打ち際ぎりぎりで粘《ねば》っては逃げる鬼ごっこを飽きずに繰り返した。

「熱海ってさー、風呂みたいに海水がぬくいとこなのかなって思ってたよな、昔」

「お前だけだろ」

「えー、んなことないって。あ、写真撮っとこ……うっそ、携帯充電切れてる、いつの間に！

設楽さん、撮って俺に送ってください」

「好きに撮っていいよ」

すこし離れて佇んでいた設楽がためらいなく携帯を投げると、睦人はキャッチするや栄にレンズを向けてきたので「やめろ」と背を向けて逃れた。

「何だよー」

「栄は、カメラ向けるのは好きでも向けられるのは嫌いだから」

設楽がにやにやして言う。

「記者リポなんか、明らかにいやいややってたもんな。目立つの大好き、顔出しおいしいってやつが多い中で」

「どいつもこいつも露出狂《ろしゅつきょう》かよ」

遊歩道に続く階段の脇まで下がって一服吹かしていると「なあ」と設楽が近づいてくる。

「もうねえよ、まじで最後の一本」

「煙草じゃなくて、栄、ご実家の映画館で一本Vつくってみる気はないか？」

「は？」

「画的にすごくいいよ、『海燕座』っていう名前も。ベタだけど、熱海の歴史とかと絡めると面白くなると思うんだよな。ほら、こうして海も山もあるし、最高のロケーションじゃないか？　ビューティーカットてんこ盛り」

「別に興味ねえ」

「そう言うなよ、長尺《ちょうじゃく》になったらドキュメンのほうに話持ってくこともできるし、栄なら絶対いいのが撮れる。おじいさんたちも嬉しいんじゃないのか」

「じじばばのために労力傾けて公共の電波使えって？」

皮肉のつもりだったのに、設楽はこともなげに「そうだよ」と頷いた。

「誰かに見てほしい、喜んでほしいって動機は大事だろ。栄のつくるものには、その手の欲っていうか、スケベ心がまったくない。自分がどう面白いか、で他人もちゃんと面白がらせる能力はすごいけど、もっと外向きになれば、もう一段も二段もよくなる」

あんた、結局俺をどうしたいんだよ、と腹が立つ。プロデューサー目線で育成したいのかと思いきや、ゆうべの「憎らしい」発言だ。「一緒に仕事してみたかった」と初対面から言っていたくせに、どっちなのか。でもこんなに海は明るく、人工のビーチはのどかで、遠くに平べったい初島《はつしま》がくっきり見え、とんびが旋回《せんかい》している。いやになるほど健《すこ》やかな風景の中で設楽の答えを聞くのが何だか怖い。映画館の中には嘘しかないけれど自然はすべてが本当で、夜の中に紛《まぎ》れさせることができないから——怖い？　俺が？　何で？　不可解な思考はいかにもつくりものくさいシャッター音に遮られた。いつの間にか、睦人がこちらに向けて携帯を構えている。

「おい、何撮ってんだ」

「今、いいツーショだったんで」

「消せ、バカ」

「設楽さんに任せまーす」

栄が詰め寄ると、その頭越しに携帯は弧を描いて設楽の手元に戻っていった。

「そろそろ帰らないと、仕事始まるな。行こう」

「あー、駅まで今度はあの坂上ってくのか、つらいっすねー」

「おい、削除しろよ」

「はいはい、消すよ、持っててても仕方ないし」

適当な喫茶店でモーニングを食べ、上りのこだまに乗った。設楽は「ごめん、窓側行かせて」と真っ先に陣取り、窓に寄りかかって眠り始めた。夜の睡眠が浅かったのだろう。新幹線のシートは、海燕座よりずっと上等だ。真ん中に座った睦人は遠足のテンションが持続しているのか元気で、駅に置いてあった観光案内のリーフレットを見て「また来ようぜ」とか言う。

「今度はもっとゆっくり。温泉入りたいし、秘宝館《ひほうかん》見たいし……」

「ひとりで行ってこい」

「何でだよー。え、熱海海上花火大会ってこんなしょっちゅうやってんの？　すげーじゃん、夏終わっても見られる！　秋か冬に行こう」

「行かねえつってんだろ」

車両前方、扉の上で流れているデジタルサイネージのニュースに目をやる。日経平均急落、玉突き事故で三人死傷、自動車会社の提携、在来線人身事故で遅延……きょうもさまざまなことが起こり、そのいくつかを自分は加工して電波という皿に載せるのだろう。

「うわ、人身かー」

睦人も同じところを見ていたらしく「これから通勤の人と駅員さんお疲れだなー」とつぶやいた。

それが金曜の朝で、土日は基本的に休みだから、栄は近所の図書館に行った。熱海で何かつくってみないか、という設楽の提案をどの程度真剣に受け止めるのか自分の中で決めかねていたが、地誌《ちし》や郷土史をぱらぱらめくってみる。今までまったく取材対象として意識しなかった地元は、画的にいい、と言われてみればごもっともで、客観的な興味がすこしわいてきた。何か一本つくることは別に難しくない、でも言われるままはしゃくだし、どうせやるなら、設楽が思いつきもしないような角度はないか、企画書を見て「すごいな」と手放しで称賛するような。内心で悔しい憎らしいと思われたところで、それはあの男の問題で栄には関係ない。図書館の机にあれこれ本や資料のコピーを積み上げて、思った。

言われなくても、外向きの欲ぐらいある。あんたが見たらどんな顔すんだろうって考えてる、いつも。それって「スケベ心」だろ。机に頬を押しつけ突っ伏した。パーテーションで仕切られたエリアなので人に見られることはない。ニスを引いた木のつめたさに、設楽の家のフローリングを思い出した。

別に、犬みたいに褒めてほしいわけじゃない。ただ、うまくいったところも不本意さが残ったところも、設楽は栄の意図を正確に汲《く》む。だから気が抜けない反面で安心する。自覚すると、自分こそが悔しくなった。何だそれ、と自分の感情なのに納得がいかず、別にそんなんじゃねえと反論を組み立てようとしてうまくいかず、設楽の顔が浮かぶだけで胃のあたりがちりちりしてくる。これは、設楽が栄に対して思う「悔しい」と同じだろうか。でもこっちから言うことは絶対ない。思ってないことは言えない、思ってもみなかったことはもっと言えない。大きな窓から射し込む陽射しが、まどろむような午後のとろみを帯びた空気を斜めに区切り、栄の上にも光と影のツートンができる。片目だけの視界に、空気中のちりが光の中をゆっくりたゆたうのを追った。

週明けの午前、デザイン室に行くと睦人の姿がなかった。いつも睦人がいる机には別のスタッフが座っているので、中座《ちゅうざ》しているわけではなさそうだ。「奥は？」と尋ねると、そいつは軽くびくつきながら「きょうはお休みです」と答えた。

「前から決まってたのか？」

シフトは頭に入っているはずだが、どこかで思い違いをしていたのだろうか。

「いえ、体調不良だそうで、おとといから休んでます」

おとといというと、熱海から帰ってきた翌日。金曜日は元気そうだったのに、やはり疲れたか。勝手に人を連れ回して自分がダウンしてりゃ世話ねえよ。

「あしたは出勤できるってメール来てました」

「ふーん」

頼みたいのは今週末オンエアの特集Vに使うCGだったので、別の人間に発注して手間取るより、あす出直すことにした。発注書を引っ込めてきびすを返すと、明らかに部署の空気がほっとゆるんだのを感じた。

ところが、その日から台風が急に針路《しんろ》を変え、しかも猛烈な勢力に発達して日本列島に向かってきたので、一気に編成は台風シフトに変わった。中継Dで高知に行かされて三日間帰れず、帰ればまた次の台風が来ていて、今度はこっちのスタジオで中継の連絡Dやオンエア、めまぐるしくやることは変わった。そして全員がばたついている状況ながら、栄に割り当てられた仕事の分量はどう考えてもオーバー気味で、設楽は何も言わないが、いろんな経験を積ませようとオプションを追加しているのは明らかだった。特集Vは、期日が決まった催《もよお》しにかかわるものだったので、そのままお蔵入りが決定していた。

そして台風への対応が、まさに嵐のごとく過ぎていったと思えば、今度は例の連続不審死が「連続殺人」として立件《りっけん》、未亡人は容疑者として逮捕され、大騒ぎになった。早く捕まれと思っちゃいたが、何も今じゃなくていい。でもニュースなんて往々にしてそんなもので、ない時はまったく何も起こらず（それでも放送するだけのネタをかき集めるしかない）、ある時はばたばたとものすごい回転率でやってくる。関係者への取材、事件を振り返るVの編集にかかりきりになって連日会社に泊まり込んだ。

編集機が並ぶ報道フロアの編集ブースで、椅子に収まったままうつらうつら仮眠していると、「そろそろ家帰りたい」とぼやく声が聞こえてくる。

「台風からずっとだよ俺、着替え取りに行っただけ。家賃払う意味ある?」

「あれ、先週休み入ってなかったっけ」

「あれだよ、千葉のいじめ自殺、学校の内部調査がひどくて、こっちも突っ込まざるを得ない。まだ収束《しゅうそく》しそうにない」

「いじめと認定される事実はなかった、って会見で校長が言ってたやつだろ、ひでえよな」

「いじめたほうが地元の有力者の息子で、かなり強気なんだよ」

「あんなえげつない遺書残ってんのに？」

「死んだ子のお母さん、責め立てられて入院しちゃってる。息子が線路に飛び込んだ上に逆ギレされたらたまらんよな」

「裁判とかは？」

「完全に弱ってるから、そんな気力なさそう。向こうは金遣《つか》っていい弁護士雇《やと》うんだろうし……子ども関係のは、毎回つらい。こっちも体力吸い取られる感じ。亡くなった子は顔も名前も出ちゃうのに、加害者は情報出されず今も元気に登校してるっつうのが……しかも、海外の学校にやるみたいなうわさもある」

「金持ってて声がでかいほうの勝ちなんだよな、結局」

線路に飛び込んだ、と耳にして、あの日か、と思い出した。熱海から新幹線で朝帰りした時の。新聞はたくさん届くが今担当している事件の情報をチェックするのがやっとで、とても全部に目を通せず、どういう経緯《けいい》なのかまったく知らなかった。子どもの自殺、いじめ、右から左と流れるデジタルの活字でしかなかったできごとにいくらかの肉付けがなされたが、きっとすぐに忘れてしまうだろう。視聴者が忘れてしまうように。自分で扱ったネタでさえ放送した側《そば》からどうでもよくなっていくのだから。

オンエアに乗せては捨てる。むしろ捨てるためにつくっている、という空《むな》しさを普段なら意識しない。そういう仕事だからだ。グッドニュースもバッドニュースも等しくただの仕事、だって栄個人とは何の関わりもない。でもぐったり疲れ果てている真夜中には、その空虚が眠気をどろっと濁らせた。

翌週からようやく通常の業務に戻り、その日の担当はオンエアDだった。スタジオで技打《ぎう》ちをして、三十分前に副調整室へ入ると睦人がいたのでびっくりした。

「よお、久しぶり。元気だった？」

「何やってんだ、こんなとこで」

ふだん、デザイン室でパソコンをいじっている睦人がオンエアに立ち会うことはない。

「きょう、俺、オペレーターだから」

睦人は室内のパソコンを指差した。そこはテロップやCGを番組の進行に合わせて出したり変えたりするオペレーターの席だった。スタッフは確かに睦人の会社から来ているが、睦人の職種とは違うはずだ。

「何で」

「いろいろできたほうがつぶしがきくだろ。お前がこっち来てない間に研修は受けてたから大丈夫だよ。きょうから晴れて独り立ち」

よろしくお願いします、とふざけて笑う顔は以前より痩《や》せて見えた。体調不良とやらが深刻だったのだろうか。それで激務のデザインよりは、オペレーターのほうに回った……けれど素直に「大丈夫か」とねぎらえる性格ではなく、本番前でもあったので、懸念《けねん》は飲み込んで「しくんなよ、下請け」とだけ返した。

「あ、きょうこそ絶交」

笑顔の明るさや、口調は変わりないのだけれど。

――「デイズ・エッジ」、本日も盛りだくさんでお送りします。まずはこちらのニュースから……。

午後五時からオンエアが始まる。約二時間の長丁場は、テレビの裏側に回ればあっという間だ。あれが届いていない、この展開がおかしい、誤字脱字にデータのウラ取り、整合性……目の前のハードルを次々越えながら走り抜けていかなければならない。フォームを崩さず、呼吸を乱さず、リズムを狂わせず。

「3カメ、ロングで待機、1の画から……はい、3」

「天カメR5、横浜、提供ベース、画面つくっとけ」

「一分押してる、もう巻き出せ、コメント締めさせろ」

細かく指示を出して生放送を進めていると、三分のV、二分のコメント、五秒のタイトルカット、二分半のCM……そんな積み重ねで魔法のように時計の針は進み、六時半を過ぎて、やや長尺の特集コーナーに入った。この次は短いストレートニュースを積んだフラッシュニュースと芸能コーナー、エンディングが見えてきた。

「V明け、2で降りる。テーブルのロングからモニターに寄って撮り切る」

栄の声でカメラが動き、スイッチャーはオンエアする画を選ぶ。きょうのテーマは「後を絶たないいじめ問題」で、抜本的な解決策など十分足らずの尺で提示しようもなく、結局は実情の紹介と問題提起に落ち着く。導入のVが終われば、教育評論家や教育委員会OBといった面々のコメントに合わせて資料映像《インサート》を流し、セットの大型モニターにはいじめに関する各種の統計データをグラフ化したCGを出す。副調整室の、ルービックキューブのようにならんだモニターには、四台のカメラが映すスタジオの光景のほか、今出ているテロップとCG、次に出るテロップとCG、新聞記事の接写などが表示されている。栄は、テロップの文言《もんごん》がコメントに合っているか、ネクストのテロップは適切か、つねに確認しなければならない。

「テロップ、ネクスト送れ。その次は……いらねえ、むしろ最初のに戻せ」

「はい」

斜め後ろに座るテロップのオペレーターが答える。オンエアが始まってから、睦人のようすは見ていないが、もちろん返事をする声は聞こえていて、今のところミスはない。こっちの合図でクリックすればダイレクトに放送に反映されるので、その緊張に慣れればさほど難しい作業ではない。先走ったりあさってなものを出したり、といった失敗が新人にはありがちだが、声を聞く限り睦人は危なげなく仕事をこなしていた。

まじでこっちに異動するってなったらどうしよう、と栄は思った。睦人にいろいろ発注できなくなるのは大いに困る。でもそんなのは睦人にとって知ったことじゃない話だというのも分かっている。いや、まだそうと決まったわけじゃねーし。たわんだ紐《ひも》を両側から引っ張るように、切れかけた集中をぐっと引き締める。

——文科省の調査ではいじめの認知件数はこのようになっておりますが、その具体的な内容は、身体的、精神的なものと様々で……。

余計なこと考えるな、ほら、もうすぐ次のCGが出る。

「カメラ、モニターに寄れ。CG、チェンジ」

栄の合図に合わせてCGが送られ、いじめの件数から具体例へ、モニターの中身が変わる——しかし、それはほんの一瞬で、すぐさま次の画像が現れた。

「……え？」

副調整室が凍りついた。もちろんスタジオも。オンエアモニターに大映しになっているのは、子どもの顔写真だった。詰《つ》め襟《えり》で、卒業アルバムかクラスの集合写真を引き伸ばしたように不鮮明で、そして無表情。そこに「千葉・いじめ自殺の加害者」という文字と、中学校の名前、学年、クラス、本人と思《おぼ》しきフルネーム。

何だこれ、誰だ、事故だな、フィラー出るやつ。

栄が思考停止していたのはものの数秒くらいだったはずだ。いちばん手っ取り早い対処方法、すなわちキューボタンを押して強制的にCMに入った。

「――奥!!」

画面が切り替わったのを見届けるや否《いな》や、椅子を吹っ飛ばして立ち上がると、狭い副調整室でVTRのラックにぶつかって派手な音を立てた。しかし構わず睦人に掴みかかる。操作ミス、ではありえない。そもそもあんなCGを用意しているはずがない。考えられるのはひとつ、睦人が作って、パソコン上のばれない階層にあらかじめ仕込んでおき、睦人がオンエアに乗せた。何でだ。そもそもあの写真と個人情報は本物なのか。だとしたら、どうして知っている?

睦人はよろめきながらも、隣に座るスタッフが巻き添えを食わないよう、自分の椅子を押さえて立ち上がる。Tシャツの胸ぐらを握りしめる手の甲に血管がくっきり浮いているのに、自分の力みはまるで感じなかった。それどころか、体幹がどんどん頼りなくなって足がふらつきそうだ。睦人をにらみ据えて、何とかバランスを保とうとする。

「てめえ……どういうことだ?」

すべてが不可解で、そんな大雑把《おおざっぱ》な問いしか口に出せなかった。答えは返ってこない。知らないガキよりも遠い、他人の、空っぽな笑顔を見た。瞳からはあらゆる感情の色が消え失せ、栄を認識しているのかどうかも分からない。いつものいきいきした眼差しがどこにもない。誰だよ、お前。何で笑ってんだ。睦人が催眠術か何かで洗脳されたんだと言われたら信じたかもしれない。

「栄、やめろ」

静まりかえった室内に、ＣＭ前までスタジオにいた設楽の鋭い制止が響いた。

「追及とか非難は後にしろ。演者が動揺してる。ＣＭ中に立て直そう。明けはＭＣのバスト、ワンショット、ただいま番組の内容とは関係ない画像が流れてしまいました、お詫びひと言で、フラッシュニュースを振る。尺が巻いた分は、フラッシュの最後を軽くスタジオで受けて、芸能を伸ばす。——奥」

初めて、設楽が睦人を呼び捨てにするのを聞いた。睦人の肩が、かすかに揺れた気がした。

「奥はとりあえず副調整室から出ろ、話は後で聞く。誰かカバーできる？　後すこしだから、頼んだ」

睦人が、栄の手をそっとほどく。機材保護のために冷房過剰な副調整室にいるのを差し引いても、氷のようにつめたかった。そして黙って外に出て行く。誰もが目で追ったが、誰も何も言わなかった。タイムキーパー《TK》が心細げに「ＣＭ明け、一分前」とカウントする。誰もが思っていただろう。これからどうなるんだろう、と。

一分後には固い表情でお詫びを伝え、ぎこちない雰囲気のままその後のコーナーを消化して番組が終わっても、重苦しい空気は終わらない。詳細は分からない、でも、とんでもない放送事故が、故意にこの番組で引き起こされた、という認識だけを全員が共有していた。スタジオに全スタッフが集まると、設楽はまず「申し訳ありませんでした」と頭を下げた。

「きょう起こったことについては、僕のほうでもまだ事態が飲み込めていないというのが正直なところです。これから関係者に聴き取り調査をして、公《おおやけ》にできる情報は皆さんにもお伝えします。本件については、外部はもちろん、旭テレビ内においても、興味本位な質問に軽々《けいけい》に答えるのは控えてください。では、あしたもよろしくお願いします。お疲れさまでした」

お疲れさまでした、と返す声はすくなかった。スタジオの隅には、報道部長や局次長、局長といった重役たちが苦虫《にがむし》を嚙みつぶした汁で口の中がいっぱい、みたいな顔つきで佇《たたず》んでいたし、編成部の人間もいる。いつもなら、オンエアが終わった解放感であれこれさえずりながらスタッフルームに戻っていく面々が、きょうは黙りこくったままぞろぞろと葬列《そうれつ》のように出て行った。その場から動かずにいると、設楽が「栄」と声をかける。

「お前ももう、きょうは帰れ。これからの話し合いは、ひとまずプロデューサーとデスククラスだけでするから……最近、仕事詰まってただろ、ゆっくり休めよ」

詰め込んだ張本人が何言ってんだか。ここにいてもどうにもならないので言われるまま家に帰ったが、場所が変わったところで睦人のことばかり考えてしまうので同じだった。どうして、いつから、あんなことをしでかそうと思ったのか。胸の中には濃い灰色の霧が立ちこめている。不安、心配……何がだ？　あいつの事情や動機なんか知ってどうなる。やらかした事実は変わらないし、あれを、オンエアDとして防《ふせ》ぐ手立てはなかった。こっちに火の粉《こ》が降りかかってくるとは思えない。だったら何を気に病む必要がある？　関係ねえよって、知らん顔してりゃいい。なのに、何でこんなに落ち着かねえんだよ。

珍しく早く帰宅したものだから手持ち無沙汰で、煙草のストックを切らしているのに気づいたが出かける気にもなれず、中途半端に手をつけていた熱海関連の資料もまったく頭に入ってこない。結局、家じゅうのアルコールを手当たり次第消費して、回復からはほど遠い浅い眠りをさまよっているとインターホンの音が聞こえる。億劫《おっくう》で無視しても在宅を確信しているかのように二度、三度と呼び出しは繰り返され、とうとう根負けしてソファから起き上がりモニターを確かめると、設楽が映っていた。何の応答もせず、解錠《かいじょう》ボタンだけ押すと向こうもそのまま入ってきて、数分後には玄関のインターホンが鳴らされる。栄はやはり、黙って鍵を開けた。

「遅くにごめん」

そう言われても、現在時刻すら定かでない。

「何時」

「二時過ぎ」

「何で俺の家知ってんだよ」

「タクシーの配車表勝手に見て……上がってもいいか？」

「ここで聞く」

栄は撥《は》ねつけた。

「今、ここで言えよ」

設楽は壁に肩をもたせかけて腕を組む。

「……奥と、話した」

切り出したものの、次の言葉を探しあぐねたように上を向いたり下を向いたり、この男にしては珍しく所在なさげだった。そのうち覚悟を決めたのか、一度ふっと強く息を吐き出すと
「いじめられてた子は、奥の弟さんだったそうだ」と言った。

「奥は父親に、弟さんは母親に引き取られて、その後もずっと交流はあったらしいが……いじめの件は、全然知らなかったらしい」

離婚してるし、とあっけらかんと語った睦人の顔がよぎり、車窓からの風景よりあっという間に消えた。体調不良で休んだ、という時、本当は通夜や葬儀があったのかもしれない。

——間に合ってよかったな。

あの日の笑顔が、脳裏《のうり》に夏の光を伴《ともな》ってよみがえる。明るい海辺の朝、睦人は間に合わなかった。間に合わなかった瞬間、何のゆかりもない栄の地元に、なりゆきでいた。他人事でしかない人身事故を知り、「お疲れだなー」と言っていた。また熱海に来る話、花火の話をしながら、新幹線に乗って何でもない日常に戻っていくはずだった。

記憶の断片が空っぽの胃に流し込んだアルコールを逆流させ、栄はトイレに駆け込み、吐いた。手応えのない数回の嘔吐《おうと》の後で水を流し、背中をさする手が煩わしくて振り払う。

「触んな……それで？」

「栄には言わないでほしいって言われたけど、お前にも知る権利があると思うから言うよ。熱海に泊まって帰って、夜になってやっと携帯の電池切れを思い出して充電したら、お母さんからの大量の留守電と——弟さんの遺品の携帯には、夜明け前に一回だけ、奥の携帯にかけた履歴が残ってたそうだ」

栄はのろのろ立ち上がり、設楽を押しのけて洗面所でざぶざぶ口をゆすぐ。舌に残った酸っぱい苦さはなかなか取れなかった。手の甲で顔をぐいっと拭って鏡と向き合えば、そこにいる設楽とも相対することになる。

「……俺のせいだって？」

「違う」

「俺と一緒に意味なく熱海まで来てのんびりしてる間に携帯の電池切れて、弟のSOSシカトしたから死んだって？　だから、番組私物化して、相手のガキと俺に一石二鳥で仕返しできるってか？　冗談じゃねえよ、俺は行きたくねえって言った！」

「栄、落ち着け。奥はそんなこと言ってないし思ってない」

「じゃあ何でだよ‼」

握った拳《こぶし》を、鏡の中の設楽に叩きつける。手のひらの側面だったので、割れはしなかった。

「弟いじめたやつが憎い、許せねえ、だったらてめえ個人で殴るなり殺すなりしろよ、こっちを巻き込むな」

「お前、ほんとにそんなこと思ってるのか？」

静かな問いだった。鏡の表面はまだかすかにふるえているというのに、設楽の目は揺るぎもしない。

「本当に、奥が子どもを殴ったり殺したりして、それで終わってればよかったと思ってるのか？」

何で俺にそんなこと訊くんだ。俺があんたに訊きたいんだよ。腹は立たねえのか。俺よりつき合い長いんだろ、裏切られたって悔しくねえのか、憎くねえのか。ひどい目に遭わされたって、あんたがまずキレるとこじゃねえのか。降りかかる面倒、俺の比じゃねえくせに。何でそんなに落ち着き払ってられんだよ。

「奥がやったことは、殴るより殺すより悪質かもしれない。局としては、あの写真が加害者のものだって公式に認めるわけにはいかない、あくまで全然関係ない写真が手違いで映ってしまった、どんなに見え透いた言い訳でもそれで突っ張るだけだ。でも、オンエアのキャプチャーはもうネットに出回ってて、この先、似たような事件があるたびに掘り返される……それがあいつの選んだやり方だ。でも、同じまねを自分がしないって言い切れるか？　大事なものが踏みにじられて死に追いやられて、その相手を晒《さら》し者にできる機会と方法をもし自分が持ってたら、絶対にやらないって断言できるか？」

「あんた何言ってんの？」

栄は振り返った。生身の設楽も、当たり前だが鏡と同じく凪《な》いだ表情だった。

「だからしょうがないって？　許せって？　ガラスは割れるものだから？　人は皆何しでかすか分からないものだから？」

「そうじゃない。奥がやったことは、絶対によくない。どんな事情があれ、あんなやり方を認めたらいけない。Pとして二度と番組には関わらせない。ただ、俺は奥が好きだったし、今でもそうだよ……だから栄も、奥を責めるな」

ふざけんな、と栄は噛みついた。

「今顔見たらぶっ殺してやりたいぐらいムカついてる」

「栄」

「夜中にそんなくだらねえこと言いに来たのか？　帰れよ」

洗面台の冷たいタイルに手をついて設楽をにらみつける。設楽の冷静さがいやだった。ひどいよな、奥は、あんなことするなんて最低だよ——そう、睦人を責める言葉を聞きたかった。それで溜飲《りゅういん》が下がるとか下がらないとかじゃなく、まだ未消化の憤りや疲労をあらわにしてほしかった。なのに設楽は、あくまでプロデューサーであり、プロデューサーでしかなかった。一緒に睦人を罵倒《ばとう》したいかと言われればそれも違うのに、いったい何に打ちのめされているんだろう。何も失っていなくて、何も変わらなくて、最初から自分と無関係なところでひとつの人生が失われただけだというのに。

朝、報道部長からの電話で起こされた。

『もう十一時だぞ、何やってる？　ロケか？』

家で寝てました、と正直に答えたら「すぐ来い」といら立った声で命じられた。

『きのうの件で、相馬からも聞きたいことがある』

きっと最悪の一日になる、と予感した。いや、これからしばらく、最悪の日々が続くのか。コーヒーを飲みながらニュースをチェックすると、きのうの件は新聞などで「別人の写真流すミス」とかなり消極的な記事になっていたが、ネット掲示板には設楽の言葉どおり例の画像が出回っていた。間違いない、こいつ知ってる、と真偽《しんぎ》の怪しい自称関係者の書き込み、旭テレビやるじゃん、支持する、と称賛の声もすくなくなかった。睦人はこれを見ているだろうか、いたとして、胸がすいているのか。法律で裁《さば》けないのなら俺が制裁してやる、と満足しているのか。でもあの時、副調整室で最後に見た睦人の笑顔はひたすらに空虚だった。取り返しのつかないことに、取り返しのつかないことでやり返すほかない人間の、どこまでも空《むな》しく乾いた諦めが透けて見えた。でもやらない選択肢はない、という行き止まりの憎悪。

栄はコーヒーを飲み干すと、スーツで行くべきか迷ったが、いつもの普段着で出勤した。報道部長がひと目見るなりいやな顔をしたので、正解だったなと思った。「ちょっと来い」と呼ばれて会議室へ行くと、ふだん社内で見る機会のすくない取締役クラスと、局長始め報道の上層部がずらっと待ち構えていた。

「きのうの放送事故について、今から簡単な聴き取り調査をさせてもらう」

どうやら、報道部長が仕切り役らしい。設楽の姿はなかった。

「まず、問題の画像がCGのラインに流れた件。オンエアDをやっていた相馬が、気づいて防ぐことはできなかったのか？」

何言ってんだこいつ、と眉根を寄せると「分かりきったことでも答えてくれ、再発防止策を立てなきゃならん」と促された。これみよがしなため息をつき、子どもに言い聞かせるようにゆっくり説いてやる。

「D卓に座っててチェックできるのは、ネクストの画像までです。こっそりオペレーターのパソコンに違う画像を組み込まれてて、ネクストの次にすばやく送出されたらこっちは手の打ちようがありませんけど。クリック一回の手間ですよ」

「キューボタンを押した理由は？」

「それが一番だと判断したからです。別の画に切り替えてもスタジオも大混乱してる、副調整室だって事態が把握できてない以上、いったんCMに逃げるしかなかった。今同じことが起こってもそうします」

「なるほど」

ぐるりと四角形に配置された机に居並ぶじじいどもが芝居がかった重々しさで頷くと、報道部長は「分かった、じゃあ……」と間を置いた。

「……念のため訊くが、今回の件、相馬が事前に了承していたということはないんだな？」

「は？」

きのうから、目を疑ったり耳を疑ったり忙しい。

「お前、デザイン室の奥とは個人的に親しかったそうじゃないか。ほかのスタッフからは、相馬が知っていたとは思えないリアクションだったと聞いているが――奥がしでかすのを、黙認、あるいは協力していたという事実はないんだろうな？」

黙って、膝で思いきり机の天板を蹴り上げた。「おい！」と怒声が飛んだが、怒り狂いたいのはこっちだ。毛細血管が百本くらい破れて死んだ気がする。

「疑われて心外な気持ちはよく分かるよ」

報道局長が気色悪い猫撫で声で宥《なだ》めた。

「しかし、我々としてもスポンサーや総務省に報告しなきゃならないんだ、この調査はお前のためでもあるから分かってくれ」

旭テレビは一切関係ありません、外注の下請けスタッフが思い詰めて暴走しただけです――そんな言い分を組み立てるための調査。

「一切、何も、知りませんでした」

外国の裁判みたいにわざとらしく右手を上げて宣誓《せんせい》してやる。すると今度は「携帯の履歴を見せてもらえるかな」と言われた。口調は疑問形だったが、命令なのは明らかだった。

「もちろん、プライバシーには最大限配慮するから。奥と、メールや電話でのやり取りがあったのかどうか」

言い終わるより前に、携帯を机に放り投げた。

「おい、相馬!」

どうぞご自由に、と栄は言い放つ。

「心ゆくまで漁《あさ》ってくださいよ。それ、いらないんで差し上げます。もういいすか？　仕事あるんで、じゃあ」

待て、という制止に構わず部屋を出て、手近なショップで携帯を新規契約した。痛くもない腹を探られたムカつきは尋常じゃなかったが、それがそのまま睦人に向かっているわけではない。やり場のなさに何よりいらいらしていた。どうして、睦人を憎んで憎んで、憎むだけで終われないのだろう。

その日のオンエア後に緊急の会議があり、対外的に整えたものと同じ経緯が設楽の口から語られた。デザイナーがふざけ半分でつくったCGがオンエアで流れてしまった。もちろんいじめとは無関係な赤の他人であり、当該《とうがい》デザイナーは今後旭テレビで働くことはない。局全体の問題として再発防止に努める――誰もが、本当じゃないと分かっている白々しい説明。嘘を本当にするのがテレビの役割だと思えば、これが正しいのか。

「番組としてのこれからですが、当面は今のままで継続します。ですが、かたちだけでも不祥事の責任を取らなくてはいけないので、新しい報道情報番組にリニューアルする予定です」

スタッフ全員を収容した会議室に、ひそやかな動揺が広がる。

「枠も演者も変わりません。スタッフの皆さんにも引き続き働いてもらいたいと思ってます。まあ、事実上は看板を掛け替えただけになりますが、ひとつのけじめとして『デイズ・エッジ』は十月半ばをめどに終了します。本件に関して、ここにいる皆さんは何も悪くありません。突然、騒動の渦中《かちゅう》に巻き込んで本当に申し訳ない。できれば、新しい番組づくりに力を貸してください。よろしくお願いします」

設楽が立ち上がって頭を下げる隣で、年上のデスクはうっすらとした冷笑を浮かべていた。そういう空気には下っ端のほうが得てして敏感なので、散会後はその話題で盛り上がっていた。

「見た？　織田さんのあの顔」

「設《した》Pがつまずいたのが楽しくてたまんないって感じだったよね、引くわー」

「でもあんなん、まじで事故じゃん。どうしようもないだろ」

「つーか奥さまどうしちゃったの？　誰か連絡取った？」

「さあ……」

そこで、後ろを歩く栄の存在に気づいてひゅっと首をすくめ「新番組ってどうなるんだろ」と話を変えた。

「セットとか、タイトルとか、これからでしょ」

「まーたリハとかで時間取られんのかなー」

「とりあえず大急ぎでつくって、次の春改編で本格的に立て直すのかもね」

「中身変わんないなら、ねえ」

そう、きっと何も変わらない。奥睦人というひとりの人間の存在をなかったことにして続けるだけだ。そこにある放送の枠は、つねに何かで埋《う》めなければならないのだから。テレビに空白など許されない。

返却された携帯はすぐに解約した。何も楽しいと思えない。自分がかつて、何を楽しいと思っていたのかも分からなくなった。

いくつかの、まだ企画やアポ取りの段階だった仕事が宙ぶらりんになり、消えた。番組が変わる以上、体裁だけでも構成やコーナーにも手を入れる必要があり、保留から没《ぼつ》に変わった。

特に心残りは感じなかった。設楽は社外に出る用事が増え、社内でもしょっちゅう呼び出しを食らっていたし、新番組を突貫で成立させるための膨大《ぼうだい》な準備もあり、もはや消化試合でしかない現在の夕方ニュースまで面倒を見きれないのだろう、オンエアの立ち会いも、補佐役のチーフPに任せて顔を出さなくなっていた。新番組の立ち上げには当然局員である栄も主体的に関わっていかなくてはならないのだが、いかなる会議も無視して出なかったし、コンセプトもアイデアも出さなかった。かろうじて出勤はしても、喫煙スペースや喫茶室、外のテラスでぶらぶらする時間がほとんどで、すっかり社内ニートと化していた。

睦人の、死んだ弟が残した遺書を見た。撮影したテープのマザーをラックから拝借《はいしゃく》して再生すると、凄惨《せいさん》ないじめの内容が分かった。肉体的に、精神的に、時には性的に痛めつけられた仔細《しさい》が、とめはねのきっちりした、睦人に似た筆跡で綴《つづ》ってあり、最後は「お母さん、お兄ちゃん、ごめんなさい」と締めくくられていた。オンエア上は、個人情報を黒塗りにし、あまりに残酷な部分は流さなかった。睦人はこの現物を読んだのだろうか。そんなこと、栄が思い巡らせたってどうにもならない。「旭テレビ勤務のいじめ被害者遺族による『犯行』か」と一部の週刊誌に書かれたが、大した扱いではなかった。睦人はデザイン事務所を解雇《かいこ》されたものの、局から個人に損害賠償請求、という話にはならなかった。ことが大きくなればどんなに隠したって耳目《じもく》を集め、あの写真が本物だと裏づけてしまう。加害少年の匿名性《とくめいせい》が、皮肉にも睦人の盾《たて》にもなった。睦人はそれを、どの程度見越していたのだろう。

何もかもどうでもいいはずなのに、連日夢を見た。ざらついた白黒の海辺で睦人と一緒にいて、睦人の携帯がずっと鳴っている。栄は「出ろよ」と促すのだが、睦人は笑って首を横に振る。

――いいんだよ、どうせもう間に合わないんだから。

あるいは海燕座の狭い場内で、睦人があの夜と同じ最前列の中央に座っている。黒い点々のノイズがひどいスクリーンには駅のホームが映っていて、詰め襟の子どもの後ろ姿が、ゆっくりホームの端から線路に向かって傾《かし》いでいく。ぷあーん、という電車の警笛《けいてき》。栄は「奥」と叫ぶ。「見るな」と叫ぶ。でもちっとも声にならず、睦人の頭は微動だにせず、制止は届かないまま、轟音《ごうおん》とともに電車が横切っていく。

目覚めると、いつもとんでもない寝汗と動悸《どうき》で、荒い息をついて服の上から胸をかきむしった。勝手にどくどく鳴る心臓をもいで捨ててしまいたかった。罪悪感などないはずなのに、どうしてこんな夢ばかり見る。いつうたた寝から飛び起きるか分からないので、映画館からも足が遠ざかり、酒に溺《おぼ》れて沈没する入眠《にゅうみん》の瞬間だけ安らげた。

夢が日常になりかけた頃、別の異変も起こった。汗びっしょりで起きた後、しばらく経って気づいた。右の耳が、おかしい。片方だけ壊れたイヤホンで音楽を聴いているように、何の音も届いてこない。こめかみをとんとん叩いたり、ぐっと唾《つば》を飲み込んでみても変わらない。痛みも前兆《ぜんちょう》もなく、もし両耳に症状が出たらさすがに困るので会社の医務室に行くと「突発性難《なん》聴《ちょう》だと思われます」という診断だった。ここまで心身の故障があからさまになるといっそ笑えてくる。

「ストレスが原因になることも多いって言われてますから、何か心当たりがあるのなら軽減に努めるようにね。耳鼻科に紹介状書きますから、詳しい診断と処方はそちらでしてもらってください」

ストレスを減らせと言われても、思いつく方法としては会社を辞めてテレビの電波も入らない山奥か孤島に引っ込むくらいだが、そうか、退職ならできるな、と気づいた。たった一年半ほどの社会人生活だったが、もともとの高給に残業代や深夜休日各種の手当がきっちり加算され、遣う時間もない日々だったから、しばらく遊んでいられるだけの蓄《たくわ》えはある。そうしたら楽になれるなんていう保証はどこにもなかったが、希望的観測が生まれるとかすかにほっとした。

ほとんど携《たずさ》わっていない新番組のリハーサルが翌週に迫《せま》ってきた頃、喫煙スペースで煙草をふかしていると、以前絡んできた先輩が入ってくるなり「相馬」と声を荒らげた。ああ、面倒なのに見つかったな。こんなに、誰も寄ってくんじゃねえという空気をまき散らしているのに構わず噛みついてくる図太さはもはやあっぱれだとは思う。

「お前、新番組の準備、全然協力してないよな。どういうことだよ」

無視していると「聞いてんのか?」と詰め寄ってくる。心底うんざりしたので、火がついたままの煙草をぴっと指先で弾いて飛ばしてやると「うわっ！」と大げさな声を上げて飛び退《の》くものだから、本当に久しぶりに笑った。笑うって、こういう感じだったっけ？　思い出せねえ。あの日のオンエアの前と後で、自分の生活がぶっつり切断されてうまくつながっていない気がする——そんなのは、睦人が思うことだろう。栄は、穴から水が漏れ出るようにちいさな笑いを止められないまま、床に落ちた煙草を拾って吸い殻入れに落とした。

「てめえ、何すんだ！」

「すいません、灰皿と似てたんで間違えちゃいました」

「何だと？」

「話しかけてくんな」

「まじ何さまのつもりだよ!?」

数ヵ月前と似た台詞で、胸ぐらを摑まれた。惜しいな、ガラス蹴り割ってくれよ、あん時みたいに。過去に戻って春からやり直せる錯覚ぐらいさせてくれ。俺は飲み屋で電話を取らない、熱海に行かない。あいつに、携帯を充電するよう忠告して別れる。たったのそれだけでいい。編集点は明らかだった。なのに、どうして現実というのは、テープを巻き戻して微修正さえできないのか。もう本当のことは見たくない、本当のことは聞きたくない、本当のことを話したくない。

「いい加減にしろよ！」

壁に手荒く押しつけられ、一瞬呼吸が止まった。室内にいたほかの連中は、とばっちりはごめんだとばかりに煙草と火をしまって出て行った。ちっとも痛みを感じないし、片耳だけのモノラルで聞く恫喝《どうかつ》は間が抜けていて腹も立たない。自分の中のいろんな部分が麻痺《まひ》しているのが分かった。それが危険だとさえ、もう思えない。

「設楽さんも見る目ねえよな」

栄が無反応でいると、そいつは忌々《いまいま》しげに吐き捨て「知ってるか？」と顔をゆがめた。

「あの人、異動だってよ。地方局に出向《しゅっこう》だって。いつ戻れんのか、定年までたらい回しにされんのか分かんねえけど」

何だそれ、知らねえ。人事からそんなメールは来ていなかった。辞令よりうわさが先行するのは（そしてそれが的中するのは）珍しくないが、社内に親しい相手のいない栄はそういう重要な情報ほど疎《うと》く、特ダネを持ち込んでくるのはいつも睦人だった。あの人辞めるらしいじゃん、とか、次期社長レースに乗っかったって、とか。いつも「どっから拾ってきた話だよ」と聞き流していたけれど。

お前、いろんなやつとしゃべっていろんなやつに好かれてたんだな。なのに、何であんなふうにぶち壊したんだよ。答えは決まっている。睦人の世界はとっくに壊れていたから。

「お前、分かってんのか？」

文字通りにつるし上げられた。スニーカーのかかとが床から浮く。

「奥の件、ひとりでかぶったんだよ。もっと上は責任なんか取るわけねえし、オンエアDやってた相馬にも処分をって話はあったんだぞ。どうにもなりませんでしたなんて、これまでおとなしく言うこと聞いてきたやつの言い分だろ？　平気で上司に歯向かってたんだから、こんな時だけ正当性主張しようなんて甘いだろ？　ちょっとは痛い目見りゃよかったんだよ。なのに設楽さんは、相馬は絶対に悪くないって……」

語尾がふるえ、力が弱まったので無事にかかとは着地した。何でこいつ泣いてんだ、と声が遠いせいか、栄はやけにぼんやり思う。奥にもあいつにも俺にも、何の関係もないのに、おかしいな。何もかもおかしくて、狂った地点を振り返れども振り返れども変わらない。

聞こえない耳に、きいんと甲高《かんだか》い耳鳴りが響いた。めまいもする。どこかで寝転がりたい。何の感情も呼び起こされない、みっともない泣きっ面で迫ってくる男がひたすらに気持ち悪く、「どけ」と肘で押しやると「逃げんじゃねえよ！」とさっきより激しく揺さぶられて頭がぐわんぐわんする。

「いつも人のこと見下しやがって、自分がどんだけえらいと思ってんだ？　設楽さんだけに後始末させて、皆が気持ち切り替えて頑張ってこうって必死になってる中で孤高気取ってるとかどういう神経だよ‼」

一気にまくし立てると、うつむいて涙をぼたぼたこぼした。栄は、何でもいいから横になりたい、とそれしか考えられない。でも、横たわればきっと眠くなり、眠ればきっと睦人の夢を見る。

「……俺は、もっと設楽さんと一緒に働きたかったんだよ。ほかの皆だってそうだ……」

嗚咽《おえつ》ごと絞り出された言葉が、めまいを加速させる。

「お前みたいにやる気ねえやつなんか――お前が、どっか行けばいいじゃねえか」

「話、そんだけっすか」

栄は言った。

「ならもう帰っていいすか?」

ぐしゃぐしゃに泣き濡れた顔がばっと向き直ったかと思うと、みるみる怒りに赤黒くなる。片手を振りかぶられても、身体も心も構えなかった。気絶すれば、手っ取り早く夢も見ずブラックアウトできるかもしれない。波乗りさせられているみたいに床は右へ左へ傾くし、天井は回ってきたし、完全に平衡《へいこう》感覚がやられている。目なんか開けていても何もいいことがない。

でも、固めた拳が振り下ろされるより先に喫煙スペースの扉が勢いよく開き、「何やってる?」と聞こえた。設楽の声だと認識するのとほぼ同時に、栄は壁に背中をつけたままずるずるその場に崩れ落ちた。


新幹線に乗っていた。隣の席では、睦人が楽しそうに観光案内を見ている。車両はなぜか前方がシースルーで、線路を進んでいくようすがはっきり分かった。栄は何か大事なことを忘れていて、怖れている。どうしても思い出せなくて歯がゆい。

──奥。

──うん？　見ろよ相馬、ここ、楽しそうじゃね？

睦人の笑顔を見て、それからまた前方に視線を移すと、二本のレールが収束する消失点のあたりに黒い点が現れた。小指の先ほどだったそれはたちまちぐんぐん大きく迫ってくる。黒い詰め襟の制服、顔も髪も真っ黒で造作《ぞうさく》の分からない少年。

──駄目だ。

声にならない声で栄は叫ぶ。

──相馬、どうした？

──駄目だ、奥、見るな。

列車は無情な速度で走る。やめろ。やめろ。やめてくれ。黒い人影に迫った最後の瞬間、栄は両手で耳を塞いでぎゅっと目を閉じた。

目を閉じたはずなのに、ひゅっと現実に落っこちてきた感覚とともに目を開けていた。ひきつけたようにびくっとわなないた手は誰かの体温に包まれていた。ぎゅっと爪を立ててからおそるおそるまばたくと、見慣れた自宅の天井がある。そこから視線を移せば、ベッドの側で設楽が座っていた。

「大丈夫か？」

握った手の上から、もう片方の手でぽんぽんと軽く叩く。

「うなされてたけど、どう見ても睡眠不足だったから寝かせとくほうがいいかと思って……起こすべきだったな、ごめん。あ、パソコンデスクから椅子借りてるよ」

ということは、見るからに困憊《こんぱい》しているのだろう。ろくに働いていないのに。みっともない姿を見せた自分と、あのタイミングで入ってきた設楽の両方にむかついて、まだ喜怒哀楽が機能するらしいと安堵もしている。いったい何時間落ちていたのか、ベッドサイドの明かり以外、部屋は暗かった。

「最初、医務室に連れて行ったんだよ。でも診療六時までだから結局タクシーに乗せて……ふらふらだったけど、一応自分の足で歩いてたぞ。覚えてないか？」

吐き気をこらえてよろよろ歩いたり、車に乗り込んだ記憶はおぼろげながらある。ふらつく身体を設楽に支えられていたことも思い出し、とっさに手を払いのけた。設楽は椅子に座り直し、栄の顔を覗き込む。

「医務室の先生、お前を見て、またかって顔してたぞ。ずっと体調悪かったんじゃないのか」

無視して上半身を起こす。片耳は通じないままだが、めまいはだいぶましになっていた。

「まあ、どう見ても絶不調だよな。食欲あるか？　食べられそうなら何か買ってくるよ。さっき冷蔵庫勝手に覗いたけど、ひどいな。酒と水とレモンだけって」

「帰れ」

栄は言った。

「その言い方はどうかと思う」

「そんなくだらねえことしか言わないんなら帰れっつってんだよ！」

怒鳴りつけると設楽は目を瞠《みは》り、いつもの軽い笑顔を引っ込めた。

「……もしかして、異動の話聞いた？」

沈黙が肯定だった。

「まいったね、内示まだなのに。毎度思うけど、こういう話ってどこから漏れるんだか」

設楽が着ていたスーツの上着はすでに椅子の背にかかっていたが、さらにそこにほどいたネクタイを重ねる。

「別に隠してたわけじゃない。こっちもばたついてたのと、お前が、ちょっと話そうって気軽に呼び出せる雰囲気でもなくて……まあ、ちゅうちょしてたのは確かだな、俺が悪かったよ」

ごめんとか俺が悪いとか、そんな台詞を聞くだけで横っ面を張り倒してやりたくなった。決して口先だけじゃないと分かるから。いつもみたいにへらへら適当にかわせよ、何でどうしようもないことばっか、正面から受け止めようとすんだよ——そう訊けば、設楽は苦笑いしながら答えるだろう。「プロデューサーってそういうもんだから」と。

「とりあえず、熊本の火の国テレビに出向」

設楽は言った。

「たぶん一、二年でまたどっか……一ヵ所で本社に戻してはくれないんだろうな。俺も、誰かさんほどじゃないけど、上の覚えめでたいタイプじゃないからね、残念残念」

栄が突っ張るのは自分のためでしかないが、設楽が楯突《たてつ》く時はいつだって自分より弱い立場の人間を守るためだ。今みたいに。

「まあ、別に悪い話だとは思ってないから。地方局、楽しいぞー」

心から楽しげに笑ってみせる。

「昔、研修で一ヵ月だけ熊本に行ったことあるけど、キー局みたいに完全分業じゃ成り立たないから家内制手工業で、アナウンサーまで総出で撮影も編集もするし、予算がないぶん、手作り感がいいいんだ。温泉もあるだろ、うまいもんもたくさんあるだろ、栄はあんま飲まないけど、焼酎《しょうちゅう》も。お前が骨休めに来る時があったら観光案内してやるから――」

「もういい」

話を途中で遮った。聞いていられない。悲愴な決意など語られたくはなかったが、この能天気な口ぶりがどの程度演技かはさておき、ただでさえぴりぴりしっぱなしの神経をこれ以上逆撫でられるのはごめんだ。

「よーく分かったよ、新天地で楽しくやったらいいじゃねえか。了解、分かりました」

「栄」

「だから帰ってくれ、疲れてんだ。あんたほどじゃないだろうけどさ。いつまでも俺に構ってねえで、とっとと荷造りでもしてろ」

「まだ話は終わってない」

「俺にはねえんだよ!!」

平気なふりさえできず、醜態《しゅうたい》を晒《さら》して満身創痍《まんしんそうい》の自分がみじめで恥ずかしかった。この男と対等になれないまま、こんなかたちでばらばらになる悔しさを自覚した時、対等になりたかったのだと気づいた。出世したい、という意味ではなく、認められ、許され、庇《かば》われるだけじゃない自分になりたかった。だから、かなわないだの憎らしいだのと言われた時は混乱した。そんなわけねえだろ、と。設楽と睦人が、いつだって栄の理解者だった。やりたいこと、やったことを何も言わずとも分かっていた。でも睦人はいなくなり、設楽も離れていく。続いていくはずだった日々はエンドロールもなくいきなり途切れ、とうに幕が閉じた映画館の客席から栄だけが未練がましく立ち上がれずにいる。

何でだよ、とやりきれなかった。睦人を恨もうとしても、何も言わず死んでいった弟を恨もうとしても、弟を追い詰めた相手を恨もうとしても、ただそのやりきれなさが倍々に膨れ上がり自分を内側から破裂させそうになるだけだった。

「帰れ」とまた繰り返す。

「これ以上、あんたと話したくねえ」

設楽はしばらくもどかしげにじっと黙っていたが、やがて一度だけ頷くと立ち上がり、ネクタイと上着を腕にかけた。

「でも、俺はまだ栄と話したい。こっちにいられるうちに——頼むよ」

栄は強情に唇を引き結んで、ひと言もやり取りしたくないと態度で示す。

「……ちゃんと休めよ」

設楽が玄関に行くのを見届けてから再びベッドに転がった。毛布をかぶり、壁を向いて背中を丸める。悪夢なら悪夢でいい。起き続けているのが無理なら、このまま一ヵ月でも二ヵ月でも眠り続けていたかった。夢と現実、両方の無力を交互に突きつけられるのがいちばんいやだ。ぎゅっと目を閉じ、耳をふさいで心をふさいで。でも内側から閉ざし続けるのも骨だから、誰かが強制的にオフってくれりゃいいのに、と思う。外に通じてそうなものぜんぶ、ふさいでくれ。

なのに現実はどこまでも栄の望みとは裏腹なのか、突然、毛布が引っぺがされた。ぎょっとする間もなく肩をぐいっと引き寄せられ、身体はごろりと仰向けになった。

「栄‼」

枕に押しつけていた左耳に設楽の声が届き、玄関の扉が開いて閉まる音を確認していなかったのに気づいた。正確には、聞こえないほうの耳を上に寝てしまったから、「音がしない」ことを不審に思えなかった。

設楽は、さっきまでとはまるで別人のぎらぎらした形相《ぎょうそう》で栄を見下ろしている。

「栄、おまえ」

「何だよ」

「耳、どうした」

「何でもねえよ」

「嘘つけ。今、やっぱりこのままじゃ駄目だから戻って話しかけた。でも何の反応もなかった。聞こえてないいんじゃないのか。タクシーの中でもおかしいと思ってた。意識がもうろうとしているにせよ、呼びかけが一切届いてないみたいな……」

「眠くて無視してただけだ」

「いいやそんなんじゃなかった。……片耳だけか？　正面向いてる時は聞こえてるもんな。痛みは？　ちゃんと医者にはかかったか？」

「うっせえよ」

「栄！」

両肩を摑んで栄の身体をベッドに縫い止める。上からの力ということもあるが、はねのけようとしても動かない。何だよ、何をそんな必死になってんだよ。さっきまでおっとり熊本の話してたじゃねえか。
聞こえない俺に、何言ってたんだよ。

「お願いだから、ちゃんと病院に行ってくれ。聞こえないままになったらどうする気だ」

「片っぽ聞こえてんだし、別にどうもしねえよ」

「仕事に差し支《つか》える。編集する時も困るだろうし、インカムしたら周りの音が聞こえなくなるだろう」

仕事、と栄は頰を引きつらせて笑った。

「あんたこの期《ご》に及んで俺を働かせようとしてんの？　例の熱海とか？　ごめんだよ、番組もなくなんのにちんたらやってられるか」

「違う」

設楽は言った。

「さっきの話の続き――異動するのは俺だけじゃない。栄、お前もだ」

「……え？」

「お前は制作に行くことになってる。具体的にどの番組かはまだ分からないが、たぶん『ゴーゴーダッシュ』あたりだろう。最近人気出てきて、いろんな方向性模索してる最中で、即戦力のDを欲しがってる」

「何の話だよ」

「報道から外して、放送業務以外の部署に回すっていう流れだった。でも俺が制作に推薦《すいせん》した。栄から番組づくりを取り上げるなんてありえない」

「……ふざけんな!!」

腕力での抵抗を封じられたまま、栄は首だけ持ち上げ食ってかかった。

「何で左遷《させん》されるやつにそんなこと決められなきゃなんねえんだよ！　プロデューサーづらも大概にしろ!!」

だってあんたは、もう見ないんだろ。俺の企画書も台本も素材も、上がりのVも。

「それがお前にとって絶対プラスになると信じてるからだ」

すこしも怯まずに断言してのける男が憎かった。

「相馬栄は天才だから、必ず、旭テレビの主力になる番組をつくる。俺の、絶対に勝つ賭けだ」

「そのためなら僕は甘んじて地方に飛ばされますってか？　自分に酔いしれやがって」

「それとこれとは関係ない」

「どっちでもいい。あんたの言うなりに制作なんか行くか。俺は拒否する。それでクビになったっていい。こんな胸くそ悪い会社辞めてやる」

「栄、そんなこと言うな」

「そんなこと言うな？　あんたこそ勝手なことばっか言うなよ!!」

肩をよじり、どうにか逃れようともがきながら声を張り上げる。

「俺はもう何にも楽しくない、何もしたくない！　カメラ回すのも編集機いじんのも、興味なくなったんだよ‼　前みたいにはつくれねえよ」

「やりたくなくてもやれ」

非情なほどきっぱりとした命令だった。

「いやだ」

「やれ。ぼろぼろになっても、ここで折れるな。辞めるなんて言うな」

「何でだよ」

問いかけは、ちいさく、ふるえた。誰よりも栄を知っているくせに、どうして今こんな台詞を、何のためらいもなく吐ける。

「言っただろ。お前が天才だからだ。俺の憧れと尊敬と嫉妬が全部そこにあるからだ」

「そんなの、あんたの一方的な思い込みだろうが！」

肩を押さえつける設楽の手の甲にぎりぎり爪を食い込ませた。それでも設楽は顔色ひとつ変えない。爪の先がぷつっと皮膚を破り、生あたたかい血液を滲み出させたのを感じた瞬間、栄の目からは涙がこぼれた。

「……何で分かんねえんだよ」

おそらくは、設楽も思っているだろうことをつぶやく。

「いっつも、俺の考えなんかお見通しって顔してただろ、何で分かんねえの？」

「栄」

「俺はもう、あんたや奥を思い出す仕事はいやだ……」

指先が、ぬるっと滑《すべ》る。今、自分が流しているのも涙じゃなくて設楽の血かもしれない。そうだったらいいのに。

こわいんだよ、と栄は洩らした。そんな言葉、生まれて初めて口にした気がする。

「何も見たくねえ、聞きたくねえ、考えたくねえ……頼むから、何もかもふさいでくれ」

視界がぼやけて、設楽の顔がはっきり見えないのは好都合だった。まともに見つめ合ってはとても言えなかった。それでも、設楽の口が「ごめんな」と動くのは分かった。そして最後の「な」の余韻にひらかれたまま、栄の上に降りてくる。

唇をふさがれた時、途方もなく安心した。もう声を枯らすほど叫ばなくていい。まともじゃない状況をまともじゃない行為で上書きされ、却って精神の均衡《きんこう》が戻ったのだろうか。だからふさいでくれ、もっと。

「……栄」

設楽はすぐに唇を離し、涙の溜まる目元を指の背で拭いながら、ノックして窺うような短いキスを繰り返す。栄はそれがもどかしくて自分から頭を浮かせ、深くふさがれることを求めた。後頭部を設楽の手に支えられ、口の中に差し入れられた舌を受け容《い》れる。何が特別というわけでもないはずなのに、上あごを軽く撫でられただけで身ぶるいしそうに気持ちよかった。だから今しているのは自分に必要な行いだと、いっさいのわだかまりなく思った。設楽にとってはどうなのか、分からないけれど。

もっともっとふさいでほしかった。息もこぼれる余地がないほど。栄は自分がしてほしいように舌を絡め、頭の片側だけに響く唾液の音で聴覚もふさいで没頭《ぼっとう》する。歯がぶつかっても鳴ってもお構いなしにくちづけを貪《むさぼ》った。

与えられる官能に陶然《とうぜん》となっている間にTシャツを鎖骨《さこつ》までたくし上げられた。男から性的な動機で素肌を探られることへの驚きは、唇を吸い上げられる端から消えてなくなってしまう。キスまでは気の迷いとして無理やり片づけてしまえる、と心のどこかで自分が訴えている。けれど、一度こんなキスを味わってしまったらもう後は何をどれだけしようがするまいが同じだともささやいている。わずかでも嫌悪が芽生えたら、理性より感情より先に身体が動いて自由になった腕で設楽を殴りつけているだろう、でも、トリガーは一向に引かれない。

「……悪い、服に血がついた」

それどころか、甲にあちこち赤い球を浮かせた設楽の手を取り、自分がつけた傷を舐めたりしている。しょっぱい鉄の味は、故郷でいやというほどかいだ潮風のにおいを連想させた。

「沁《し》みる」

設楽は苦笑して手を引っ込めると、自分があらわにした上半身を撫でてすっと乳首を掠《かす》めた。

「ん……」

触れられると、ふだんは意識さえしないそこが、過敏な神経を孕《はら》んで尖っているのが分かる。耳をそばだてるように外からの刺激に備えている。あるいは待っている。指の間できゅうっと圧《お》しつぶすようにされると、いっそうじんじんと腫れそのありかを主張した。蛍光塗料を振りかけられたように際立つ感じがする。

「あ」

そこに舌の生ぬるさと湿《しめ》り気が加われば、思わず背がしなった。性感の導線が、朱《あか》く膨らんだ乳首から腹の奥のほうまで地下茎《ちかけい》みたいに伸び、純度を保ったままの刺激がタイムラグなくそこらじゅうに伝播《でんぱ》していく。

「あっ——あ……んっ……」

設楽は平坦な、だからこそ興奮した突起が目立つ胸に顔を伏せ、舌で唇で歯で、口唇《こうしん》ができるあらゆる手段で施《ほどこ》した。片手の指は栄の口内に潜《もぐ》り、そこらじゅうをいたずらにくすぐったりしながら舌足らずな声を誘う。淡いでこぼこの模様を浮かせるあばら骨やうすい腹筋をたどった舌が、布地の段差を乗り越えてジーンズの上に進み、下腹部の真ん中にまでやってくると、ぶ厚い生地越しに栄の興奮を確かめた。

「……っ！」

息がかかる。栄は雑な手つきで自分からベルトを外し、ジーンズの前を開いた。ずいぶん処理していなかった切迫が、接触されたために猛然と押し寄せてきたのか、抜きたくてたまらなくなった。だからさっさと自分でやってしまおうとしたが、それより早く設楽の手が急激に脈を速くした性器を握り込む。

「ん……！」

「駄目だよ」

片耳だけで拾っても間違えようもないほど、欲望のあからさまな声でささやく。

「俺がするんだから」

「あっ……」

最初は優しくゆるやかに、次第に激しく、昂ぶりをぴったり包んだ手が上下する。このままずっと強いだけの刺激かと思いきや、栄の腰が勝手にちいさく揺れると、ふっと筒《つつ》の形をほどいて裏側のラインだけを指先で一気になぞり上げたりもする。

「ん、あぁっ！」

緩急《かんきゅう》の巧《たく》みな摩擦《まさつ》と接触で栄を高めながら、ぴったり隣に寄り添って顔を覗き込んでくる。

「っ、おい」

「うん？」

「趣味、わりーんだよっ」

「何のこと？」

そのやり取りの間だけ、他愛《たわい》ない日常が戻ってきた気分になり、栄はまた慌ててくちづけを催促《さいそく》した。正気に戻ってしまうのが怖かった。自分ではなく、設楽が。

噛みつくような、というより噛みついた。唇を食《は》み合い、吐息を奪い合い、舌が結べそうなほど絡め合った。

「んっ……ん、ん――」

唇の交わりがあられもなくなるにつれ、性器はどんどん発情し、それを煽《あお》る設楽の手つきもだんだん作為をなくして性急に、もみくちゃにするような手荒さに変わった。根元から先端まで手加減なく扱《しご》かれ、設楽の舌をきつく吸いながら達した。

「ん!……っ、う……」

血管が溶け出しそうなほど熱い放出だったのに、腹をよごした精液はすぐにひえてしまう。ふたりの間の衝動もたちまち凝固《ぎょうこ》し、変質してしまうのではと危惧《きぐ》したが、設楽は白濁《はくだく》の散った肌にためらいなく口をつけ、余さず舐め取った。ずっと立ったままの乳首を弄《いじ》られながらだったので、ぞくぞくさざめく情欲が重層的《じゅうそうてき》にもつれて栄の体内を駆け巡る。見なくても、跡がついたと分かるほどきつくへその下を吸引された時には、腹の奥でもぞもぞと蛇がうごめくようなもどかしい感覚に足の指を丸めた。

すっかり精液を舐め尽くしてしまうと、設楽は栄を見下ろし「どうしようかな」とつぶやく。何か考えている、が、こちらに意見を求める口調ではなかった。激しい射精の余韻がまだ尾を引いていて、ぼんやり聞き流していると、設楽の手が頭上を横切り、ヘッドボードのちょっとした棚からコンドームを取った。

「一個だけ残ってる……いちばん最後に使ったの、いつ？」

ついその質問をまともに受け止めて、いつだったっけ、と答えを探し始めたのだが、すぐに「やっぱり言わなくていい」と手のひらで口を覆われた。

「……腹が立つから、聞く必要ない」

その言葉の意味するところが分からなかった。こいつの悔しいとか腹が立つとか、まじで謎だよ。

腰の両側に手が掛かり、下着ごとジーンズを引きずり下ろす。下肢《かし》をすっかり剝き出しにされ、裸の両脚を大きく拡《ひろ》げられても栄は抗わなかった。びびるのはもう手遅れだし、自分の身体で確かめたかった。設楽のやりたいこと。栄が欲したからじゃなく、この男が自身の声に従い、やりたくてやることを。セックスでも首を絞めるでも、何でもいい。とにかく、設楽にしかできないことで、許さないことで、栄をふさいでくれれば。

設楽は無抵抗の片脚を持ち上げ、くるぶしの内側のやわらかな部分にかじりついた。

「あ……」

そこが、そんなに鮮やかに犬歯《けんし》の鋭さやエナメルの質感を感じることができるなんて、知らなかった。ひらかれるのはおそろしい。早くふさげ。

軽くもがいた足を肩に引っかけ、コンドームの封を切って中に指を突っ込むと、設楽はラテックスの皮膜《ひまく》を栄の身体の奥まったところに押し当てた。

「痛かったら、すぐ言って」

「んっ」

ぴくりと顎が上がる。先端にたっぷり仕込まれた潤滑《じゅんかつ》ゼリーが後ろの口をぬるつかせ、ぬめりのままに指の侵入を許した。粘膜《ねんまく》とゴムが密にこすれ、内臓の収束を遡《さかのぼ》られる圧迫に生理的な拒絶が走って息を呑んだ。呑んだ息まで指先で攪拌《かくはん》される気がする。つめたいゼリーは、栄のいちばん生々しい体温でとろけながらどんどん浸潤《しんじゅん》を深くしていった。

「あ……っ、あ、あ」

極力声を殺そうとするのだけれど、身体の内外を行き来されるたび、喉から勝手に出てくる。いろんな機能が自由にならず、たかが指一本に翻弄《ほんろう》されて、でも栄はやっぱりこの先を見届けたい。後戻りできないことは怖くない。後戻りできることなんて、この世にひとつもない。

「あっ……！」

正座でしびれが切れた時みたいに異物感になじみ始めていたところが、またぐぐっと拡張を促される。指が二本に増えた。

「う、ぁ」

途端、苦しさが増す。鈍く響く痛みと、コンドーム越しに抜き挿《さ》しされる不快感が募《つの》り、栄はかかとで設楽の背中を叩いた。

「抜けっ……」

「ごめん、痛いか？」

「そうじゃねえ」

ついさっき蹴りつけたところを今度はかかとでさする。

「ゴムが、やなんだよ……だから——あんたの指でしろよ」

にゅる、と、根元の、太い輪っかの部分まで食い込んでいたものがずるっと一気に引き出され、その感覚に鳥肌を立てる暇もなく、生身の、設楽の指をくわえさせられた。

「あぁっ！」

やっぱり、苦しいものは苦しい。それでもさっきまでと全然違うのは、均質でよそよそしい人工物じゃなく、すぐ傍で息をしている設楽の身体の一部が確かに栄をふさいでいると思えるところだった。こじあけられようとするほど頑《かたく》なに強張《こわば》った内壁が、ひくりと収縮する。

「……熱いな、すごく」

「んん……あ……っ」

〇・〇三ミリの隔《へだ》たりが取り払われただけなのに、粘膜をまさぐる動きにどんどん応《こた》えていくのが分かる。大胆に旺盛にかき回されても、火にくべられたようにやわらかく受け容れた。挿し込まれるよりもっと奥まで暴いてほしいのか、ひそやかだった誘引はじょじょに忙《せわ》しなく、生き物めいた収縮に変わる。

「――ああっ！」

指の腹と、何か固いものが接した。正確には直《じか》に触れられない内奥《ないおう》にあるのだが、軽い摩擦だけで、弾丸を撃ち込まれたような激しい快感に貫《つらぬ》かれた。

「あっ……あぁ……っ」

何のフィルターも通さない、生《き》の性感を呼び覚ますところを見つけると、設楽はそこを小刻みに往復した。強く押し上げられると腰をがくがくけいれんさせて悶《もだ》えてしまう。

「あ、やめろ、そこ」

「何で。ものすごく反応してる……怖い？」

「うるっせえな……っ」

顔を背《そむ》けて枕に頬を埋めると、後ろと性器を同時に責め立てられた。

「っん！　あ、あっ」

性器じゃない場所で得ていた快楽でまた上向き始めていたそこは、軽い刺激でもたちまち張り詰め、さっきの残滓《ざんし》と混じった半透明の先走りをこぼし始めた。そのしずくが弓なりの中心を伝い、さらに下の、くちくち馴《な》らされている口までたどり着くと、設楽は到達を思い知らせるようにいっそう音を立てて指を動かす。

「あぁ……あ、っ」

体内から聞こえる音と自分の喘《あえ》ぎで耳をいっぱいにふさがれる。またいきそうだった。いきたい。でもまだだろ、そうじゃねえだろ、とも思っている。

「栄」

呼ぶ声で、設楽もそう思っているのだと知る。不穏な熱を孕み、ひくく空気を振動させた短いひと言が、栄の頭からつま先までを一瞬で発情させる。後孔が指の戯《たわむ》れをせつないほど惜しんできゅうっと引き絞ったのは、伝わってしまっただろう。

男の身体でこんなふうに感じてしまう、身の置きどころない後ろめたさは確かにあるのだが、それ以上に設楽がこの身体を欲しがっているのが分かるから、指の次に性器をあてがわれても逆らわなかった。今までの何よりも圧倒的に自分をふさいでくれるだろうという予感は期待になって、飢《う》えに近い切望が全身を疼かせていた。

「あっ……」

張《みなぎ》った雄が、慎重に先端を食い込ませようとする。じりじりと緩慢《かんまん》な挿入にすぐ焦れ「早くしろよ」と設楽を急《せ》かした。

「駄目だよ」

「何で」

「つらいだろ」

「いちばん太いとこが挿《はい》ればいいんだから平気だって、ほら——」

両脚をぐっと腰に巻きつけ、力を込めて下肢を引き寄せる。

「こら、バカ」

「んんっ……！」

張り出した部分を飲み込む時だけ、ぎゅっと目を閉じた。そこが隘路《あいろ》にぐっと割り入って設楽のかたちになかを拡げてしまうと、栄は胸をそらせ、上がった呼吸を整える。

「だから言っただろ、バカだな」

バカ、という言葉で睦人を思い出した。声も口調も全然違う、でも、だからこそ、不在がより際立ってしまう時がある。栄は脚をほどかず「動けよ」と言った。居丈高《いたけだか》な要求は、その実ほとんど懇願《こんがん》なのだと設楽は分かっていただろう。だから今度は却下せず、栄の顔の横に両手をついてぐっと上体を屈めると、短いリズムで腰を打ちつけてきた。

「あ、あっ！　――ん、あぁっ」

「栄」

「あ――もっと……もっとだ……っ」

うわごとみたいに繰り返す。もっと、もっとふさいで。快感で痛みで圧迫で、何も考えられなくしてほしい。男のものが出入りする強烈な違和感はいっとき栄の性器を萎《な》えさせたが、指がさんざん弄った箇所《かしょ》を怒張《どちょう》した欲望で無遠慮に抉《えぐ》られれば、すぐに快感を捉《とら》えて勃起した。

「ああ……っ」

気持ちいい。今までしてきたどのセックスとも比べものにならないほど鮮烈で生々しい交尾だった。自分が正常じゃないせいか、相性か適性か、それとも——ひと突きごとに昇り詰めているんじゃないかと思うほどの刺激で犯されているのに、まだ吐精《とせい》には至っていない。その代わり、くわえ込んだ粘膜は蕩《とろ》けながら貪欲《どんよく》に設楽を締め上げ、前後に合わせて吸着《きゅうちゃく》と弛緩《しかん》を繰り返した。

「あっ……んん、んっ——」

どんどんと、はちきれそうに大きく硬くなる昂ぶりが栄を限界までひらかせ、そしてふさぐ。性器の全長で行き止まる挿入にいら立つように激しく突き上げられれば、衝動を収めた腹が波打って応えた。

求めた以上に深く密に、ふさがれている。もうすぐ遠くへ行ってしまう男に抱かれている。こんなに乱暴に優しく、これ以上ないむき出しの熱をそそがれて。

「栄……っ」

「あ、ああっ！」

最後の瞬間、設楽は強く栄を抱きすくめ、そして栄はとどめを刺されて息絶えるけものみたいに全身をわななかせ、設楽の射精を感じながら射精した。その時だけ、現実でも夢でもないどこかへ、魂が遊離《ゆうり》した。設楽はどこにいただろうか。

「栄」

栄の上に重なり、髪を撫でる。

「辞めないでくれ。お前の中からテレビを切り捨てないでくれ。どこに行こうが、俺はずっと栄の仕事を見てるから……」

それから、聞こえていないほうの耳に唇を寄せ、何かささやいた。もちろん聞こえなかった。

セックスが終わった。

俺はこれからひとりで、また自分をふさがなきゃ。

「デイズ・エッジ」の後継番組として「イブニングファイル」が始まり、その初日だけ見届けて設楽は熊本に発《た》ったらしい。らしい、というのは栄が会社を一週間休んでいたからだ。耳の症状のほかに熱も出て、いよいよ出勤できる体調ではなくなった。紹介状を持って耳鼻科に行き、処方された睡眠薬でこんこんと眠り、処方されたステロイドで右耳はじょじょに聴力を取り戻した。設楽とは一度も顔を合わせないまま辞令に従って制作に行き、予想されたとおりに「ゴーゴーダッシュ」という深夜番組についた。

初めてのバラエティは、驚くほど自分に合っていた。すべては最初から嘘、それを作り手も受け手も了解したうえで、最高にばかばかしくて笑える嘘をつくり上げようと知恵を絞り、真剣勝負する。それに、放送すればすぐ排水溝《はいすいこう》に吸い込まれていくようなニュースの空しさが、バラエティにはなかった。面白ければいつまでも話題にされ、視聴者は録画して繰り返し笑い、自分たちでＤＶＤを製作することだってできる。栄はすぐ、制作の仕事に夢中になった。タレントにもディレクターにも、人として終わってんなと思うやつがちょいちょいいるのもよかった。個性や才能といった言葉で片づけられるレベルではない、このジャンルがなければとても生きてはいけないだろう、ぎりぎりの連中。

ハネかけた芸人の次の矢、その次の矢、と戦略を立ててやるのも、一見冴《さ》えないコンビのネタやトークにほんのすこし手を入れて見違えるほどウケるようにしてやるのも、今まで知られていなかった趣味や特技をイジっておいしくしてやるのも、やりがいがあった。番組の知名度と人気が上がり、視聴率が伸びてＤＶＤが売れれば予算も増え、もっといろんな展開ができるようになる、その即物的なところも性に合ったのだろう。ニュース番組にだって数字はつきものだが、「報道の意義」やら「放送局の使命」なんてご立派な建前《たてまえ》で自分たちを守れる。やりたいことが次々湧いてきて、いちいち判断を仰《あお》がなくても自分ひとりの裁量でできる仕事がどんどん増え、番組の勢いは右肩上がりになってゴールデンの特番にも進出し、結果を出した。

栄は走った。どこまでも走れると思った。ひとりで、身軽に。でも気づけば、後ろでは櫛《くし》の歯が抜けるようにぽろぽろと人が離れていた。「そんなに速く走れない」「そんなに長く走れない」「ついていけない」と。だからといってペースを落としたり、振り返って立ち止まるなんてごめんだったので、むしろ自分から積極的に切り捨てるようにした。使えるやつがすぐ分かるように、使えないやつも一目瞭然だった。抜けた穴は、自分でふさげばいい。穴をふさぐ仕事をすることでまた自分をふさぐことができるのだから。栄には調整役のペースメーカーが必要だった。でも、それが務まる人間など見当たらなかった。どれほど理不尽に怒っても、後ろをちょこまか追いかけてくる子分ならひとりだけできたが、気づけばそいつは栄の影や足跡だけを見て、追いつくことや追い越すことなどいっさい考えなくなっていた。

また、何かが狂った。今度はいつだとも誰のせいだとも言えないうちに、栄の居場所をゆがめてしまった。何がいけなかったのか分からない。ゆがみにははっきり気づいた時には、いびつな砂の城は到底修復不可能だった。波にさらわれるたびに応急処置を繰り返したが、土台がぼろぼろに崩れてはどうしようもない。

そして栄は、再び壊れてしまった。

入院して十日ほど経ち、また設楽《したら》がやってきた。栄《さかえ》は当然「出てけ」と言ったが「はいはい」

と意に介さず勝手に丸椅子を引っ張り出して腰を下ろす。

「ちょっと顔色よくなったな」

「出てけ」

「お見舞い持ってきたけど、食べる？　マルキーズのエクレア。食事制限あったっけ」

「出て行け」

「いらないいんなら、番組の若い子たちにあげるか」

「じゃあすぐ出て行け」

「お前ね」

設楽はかすかに眉をひそめた。

「いい加減にしなさい。雑談すらできない」

「する気ねえんだよ」

「俺、お前にここまでつんつんされることしでかした覚えないんだけど——ああ、あれ？」

「は？」

個室とはいえ白昼の病院で何を言い出す気だ、と身構えた。

「おととし、こっち戻ってきて会った時、俺があんなかっこしてたから？」

死ぬほどどうでもいい出来事だったが、言及されるとむかむか怒りが再燃して、読み終わった朝刊を投げつけた。

十年近い出向《しゅっこう》生活を終えて設楽宗介《そうすけ》が東京本社に戻ってくる、しかも起死回生を賭けたリニューアルで再スタートする夜の報道番組「ザ・ニュース」の総合Pとして――という話題は、うわさが駆け巡っては忘れられるかしましい社内でもかなりの注目度だった。

――臥薪嘗胆《がしんしょうたん》ってやつ？

――むしろ塞翁《さいおう》が馬だろ。設楽のこと嫌ってた幹部も定年迎えたり失脚したり、いろいろあったしな。

――いや、でもこれコケたら今度こそおしまいでしょ。むしろいやがらせじゃないのか？

俺なら地方局で遊んでるほうがいいわー。

そんなさえずりはあえて聞こうとしなくても勝手に耳に入ってきたが、だからといって栄が何をする必要も、思う必要もない。あちこち転々としている間、何の音沙汰《おとさた》もなかったし、こっちからもコンタクトを取らなかった。出向先で、また新たに育てたい「お気に入り」でも見つけたのかもしれない。同じ社内だから連絡しようと思えば簡単なのに設楽は音信不通を選び、栄は栄で、弾《はず》みで一回寝たことが後々から自分の中で重たくなってきたというかはっきりいえば黒歴史で、今さら本社に復帰すると聞いても舌打ちしか出てこない。

とはいえ部署も働くフロアも違う、接点をつくらなければそれですむ話だ。社内で運悪くすれ違う程度なら無視すればいいと思っていた。それが、あの日。さっそくエレベーターホールでバッティングした。

――あ、栄。

完無視するはずが、ぎょっと立ち止まってしまったのは、設楽の風体《ふうてい》があまりにもふざけていたからだ。反応した自分が今でも悔しい。シャツの肩にぼやけた色のカーディガンを引っかけた、ベタベタの、こんなやついねえよというコント風味のプロデューサースタイル。こいつ、地方たらい回しにされすぎて服のセンスまでおかしくなったのか？　一瞬激しく動揺したが「久しぶり、元気だったか？」と話しかけられた時には自分を取り戻し、くるっとUターンしてその場を離れた。後ろをついてくる深《しん》が「あの」と遠慮がちに声をかけた。

――相馬《そうま》さん、今の人、お知り合いですか？

――知らねえ。

――でも、名前呼んではりましたけど……。

――知らねえつってんだろ。これ以上その話引っ張るな。

急にとげとげしくなった声を、深は敏感に察知して「はい」と引き下がった。ふざけやがって、とその日一日気分が悪かった。

「あれにはちゃんとした理由があって」

頭にぶつかって落ちた新聞を拾い上げ、なぜか今になって弁解を始めようとするので「どうでもいい」と言った。

「お、きょうの『コボちゃん』当たりだな、面白い。読んだ?」

食えない性格は、十年余りのうちにますます熟成されたらしい。こいつのこういうところがつくづく嫌いだ、と再確認した。腹の底に抱えてるものくらい相応にあるだろうに、すぐとぼけて他人の怒りやいら立ちを不完全燃焼で終わらせようとする。

「あの時点でサングラスが足りてなかったのは痛恨のミスだった」

「万事《ばんじ》どうでもいいから出て行け」

飛ばされてから九年、戻ってから二年、あの笑えもしない遭遇を除けば没交渉《ぼっこうしょう》だったのに、なぜ今になって、しかもまた絶対に見られたくない場面に立ち会われてしまったのか。何でいつも、あんたなんだよ。

「次の配属先、聞いてる?」

新聞を両手で大きく広げて設楽が尋ねた。もう知ってるな、と何となくぴんときた。「ゴーゴーダッシュ」の終了に際し、無用な混乱が生じないよう尽力《じんりょく》してくれた——と、制作局長からのメールにあった。義理として、栄の今後を先に伝えていてもおかしくはない。終わらせる作業は初めてじゃないもんな、と意地悪く思い、黙って携帯を操作していると新聞越しに「おーい、聞こえてる?」と問いかけられた。

「聞いてねえ」

「それはどっちの話？　まあいいや、ネタバレしていい？　コンテンツ事業部だって」

特に何の感情も生じない。こちらから希望を述《の》べられる立場ではなく、もはや辞めてやるという気力すらないのでどうにでもしてくれという心境だった。露骨《ろこつ》な閑職《かんしょく》、あるいは関連会社に厄介払《やっかいばら》いされる可能性も考慮していたので、想定よりはましといえる。どこに回されようが平均値以上の業務はこなせるだろうし。

「ご感想は？」

「別に」

「俺は悪くないと思った。配信は今力入れてる部門だし、きょうびはネット番組のほうがスポンサーも集まりやすくて自由度高いしね。ま、しばらくのんびりしたらいいんじゃないか」

相馬栄に、こんな分かったふうな口をきく人間に久しく会っていなかったせいか、ひどくいらいらした。設楽といると特に、自分が掌《てのひら》で暴れる猿みたいに思わされて我慢ならない。

「俺から番組づくり取り上げるなんてありえねえって言ってたくせに？」

だから、揚げ足を取りたい余り、自《みずか》ら過去を蒸し返してしまった。

「立派な番組の現場だろ。ネットとテレビの境目をなるべくぼかして若い視聴者振り向かせたくて必死なんだから。まあ、それで企業が地上波にＣＭ出稿してくれなくなれば墓穴掘《ぼけつほ》りかねないけど」

ばさっと新聞をめくり「きょうはニュースないなー」とのんびりぼやく口調がまた神経に障《さわ》

る。そして、メールにあった「尽力」というワードがなぜか頭の中で点滅した。まさか、今回も、なのか。

「……その人事も、看板報道番組の名プロデューサーさまが推薦《すいせん》して下さったって？」

「何の話だよ、てか誰の話？」

相変わらずの調子で、活字の向こうの表情は分からない。いら立ちと焦《あせ》りが募《つの》り、栄はますます尖《とが》った声で続ける。

「お慈悲《じひ》をかけてくれたのかって訊いてんだよ」

「バカ言ってんじゃないよ、お慈悲なんか、いきなり仕事解散《バラ》されたタレントやスタッフこそ欲しいだろうに」

こうして、前触れなくアキレス腱《けん》に錐《きり》を突き刺してくるところも嫌いだ。一瞬、骨からひやりとした反動でかっとなり、栄は携帯を投げつけた。テレビ欄《らん》をぐしゃっとへこませ、ごとっと床に落ちたが、設楽は何も言わず新聞紙のしわを伸ばす。

「いい気分だろ？」

栄は言った。

「飛ばされはしたけど凱旋《がいせん》して『ザ・ニュース』は大当たり、局の中でも外でも褒《ほ》められる。再チャレンジとリベンジに成功したご身分で、勝手につぶれたバカを見下ろして蜘蛛《くも》の糸垂《た》らすのは気持ちいいだろ？　何もかも分かってますって余裕のツラでさ」

一瞬にして手の中で握りつぶされた朝刊が、ばしっと栄の頭を振り抜いた。ただの紙だからちっとも痛くなかったが、反応の速さと勢いにびっくりした。

「お前、今何て言った？」

あ、殺されるかも、と真剣に思うほどぶっそうな目つきで設楽が見下ろしている。

「俺が、弱ってぶっ倒れた栄を見ていい気分だって？　上から目線の同情で自己満足に浸《ひた》ってるって？　ほんとにそう思ってるのか？　俺がそんな人間だって？」

ベッドの、頭側の柵《さく》に手を掛けてゆっくり栄を覗き込んだ。怒りの色が燃え上がっていた瞳は、至近距離だとひえきっているようにも見えた。蜘蛛の糸を垂らされたどころか、巣にかかってぐるぐる巻かれた羽虫《はむし》みたいに栄は動けず、まばたきもできない。

「そういえばお前、思ってないことは言えないんだったっけ？」

栄の硬直を意に介さず、追及をゆるめない。

「だったら俺は、今の発言を本心とみなすしかないけど、いいんだな？」

無視、あるいは「うるさい」「出て行け」といった会話の放棄も同じに扱う、と言外《げんがい》に感じた。本気で怒らせた。明らかに失言だったという自覚は、さすがにある。空調の効いた室内で背中に汗をにじませ、それでも栄は心のどこかで安心していた。満足といってもいいかもしれない。八つ当たりを、流すでも笑うでもなく激しい怒りで打ち返されたことに。他人に見せない設楽の一面を、まずいやり方ながら引き出せた。

「……言えよ」

温度の定かでない設楽の目を見つめてつぶやいた。

「何を」

「もっと言いたいことあるくせに。涼しい顔ばっかしてねえでさ。番組つぶしやがって無能がって言え。俺の悪評ぐらい知ってただろ。あんなに目ぇかけて、制作行きの便宜《べんぎ》もはかってやったのにぶち壊しやがって、ってもっとキレろよ。見込み違いだったって。所詮《しょせん》俺は、あんたみたいにできなかった」

――俺がお前に教えてやれるのなんて、それくらいしかない。

その「それくらい」すら、うまくやれなかった。人の中で、人に配慮しながら番組を回していくこと。

「お前なんか庇ってやって損したって言えよ。失望も軽蔑もしてんだろ」

今度は栄が迫《せま》る番だった。照明のスイッチを消したように設楽からふっと鋭《するど》い気配が失せたかと思うと、さっきはたかれた頭に手のひらが載せられる。

「そんなわけないだろ」

設楽は言った。

「そんなこと、思うわけがないだろう……」

ひどくつらそうに見えた。別にそんな顔をさせたいわけじゃなかったので戸惑った。

「病人殴って悪かったな」

携帯を枕元に、たたみ直した新聞を丸椅子にそれぞれ置き「さて」と栄に向き直った時には、もういつもの設楽だった。

「『ゴーゴー』の最終回の収録、俺が立ち会う予定。名和田《なわだ》がフロアやるらしいから、楽しみにしてる。オンエアの時、退院できてるかどうか分からないけど、ちゃんと見届けてやれ。……栄の大事な、子分なんだろ？」

扉を開けて出て行く設楽を、むしょうに「おい」と呼び止めたかった。でもそうしたところで、何を話すべきで話したいのか、分からない。さっきの衝撃で、携帯の液晶にはひびが入っていた。蜘蛛の巣のような亀裂《きれつ》を指でなぞる。


花火を見ていた。十五インチのモニターに弾けるちいさな光と色彩。ベッドの上に渡した横長のテーブルに、こっそり家から取ってきたノートパソコンを開いて編集作業の最中だった。コンテンツ事業部への異動が伝えられ、職場復帰はまだだが病院にいても退屈なだけだから、仕事をくれと栄から申し出た。交渉の結果、任されたのがネットの配信専門チャンネルで流す「日本の花火」特集。各地の花火大会をおいしいところだけつまんで十時間の長尺《ちょうじゃく》につなぐ。こんなものをぶっ通しでみるもの好きがいるのかふしぎだったが、去年の視聴数がなかなかよかったらしい。素材は系列含めた全国から集めるが、取材したDに「配信用に再編集してくれ」と頼んでも面倒がって後回しにされることが多いと聞いている。ネット用の仕事かよ、と軽く見られる風潮は未《いま》だ根強い。これだけ録画機器が普及しても、視聴率にこだわらずにはいられない業界だから仕方ないのかもしれない。クライマックスの連発に重点を置いたVには多分に情緒が不足しているが、ぽつぽつ打ち上げられてもすぐ見飽きる、という栄みたいなタイプは案外いるのだろう。迫力と臨場感にこだわりたいので、音のレベル調整には細心の注意を払う。

　素材のデータを早送りすると、見覚えのある風景に手が止まる。白い灯台、山と、そこに建つちっぽけな城。熱海《あたみ》の、海上花火だった。海で上がる花火はそう珍しくもないし、圧倒的な物量を誇《ほこ》るというわけでもない、これだけ津々浦々のものを並べた中では至って凡庸《ぼんよう》な催《もよお》しだ。山と湾に挟まれた、すり鉢を半分にしたような地形だから轟《とどろ》く音の迫力はすごい——らしいが花火の日はいつも映画館にこもっていたので、栄は体感していない。会場はサンビーチのすぐ側《そば》だから、砂浜にも見物客がひしめいているだろう。十一年前、観光地としては息絶える寸前だった熱海も、ここ数年でだいぶ巻き返し、人気を回復しているらしい。何年も足を踏み入れていない栄にはその理由も、今どうなっているのかも分からない。

　祖母の骨折は完治したものの、不自由な生活を余儀《よぎ》なくされるうちに弱ってしまったらしい。その年の冬、肺炎で呆気《あっけ》なく死んだ。

——足折ってから、めっきり老《ふ》け込んだからな。ちょっとでも動けない時期があると、年寄りなんかたちまち錆《さ》びつくんだよなあ。こんな坂だらけの町で足やっちゃったら身動きが取れない。

葬式でそうひとりごちた祖父も、かねてからの話し合いどおりに海燕座《かいえんざ》を閉めて市に譲《ゆず》り、不動産も処分して介護付き老人ホームに入所すると、いろんな気持ちの糸が切れてしまったのだろう、桜が散る頃静かに逝《い》った。継ぐ遺産も抱《かか》える負債もない栄は、最低限のプロセスで祖父を弔《とむら》った。親とは連絡がつかないし、はなからする気もなかった。

消灯時刻を過ぎた室内は真っ暗で、咲いては散る花火の光だけが栄を照らしていた。どおんどおんとヘッドホンから聞こえる打ち上げ音が何も持たない身体に好き放題反響した。「たーまやー」とふざけてげらげら笑う見物客の歓声。その中に、知っている声が紛《まぎ》れてはいないかと、つい耳をそばだててしまう。もうすぐ看護師の巡回がくる頃合いだと分かっていても、栄はその光景から目を離せなかった。

「ゴーゴーダッシュ」の最終回特番がオンエアされる日、まだ退院とはならなかった。病室のテレビで、二時間見通した。あんなことやったなと思うのも、こんなことやったっけと思うのも、どこか他人事《ひとごと》みたいに希薄《きはく》なのは、社会生活から隔離《かくり》された空間にいるせいではないだろう。自分の心がもう完全にここから離れてしまったのだと改めて思い知った。どっぷりとこの世界に潜《もぐ》り、文字どおり心血《しんけつ》そそぎ込むやり方はもうできない。ここに戻りたいと願っても、番組という器《うつわ》以前にまず自分の心がついてこない。喪失感《そうしつかん》と、安堵。かつて栄から離れていった連中も、こんな気持ちを抱えていたのだろうか。

最終盤、エンディングのトークでMCの芸人が泣きそうになった時は、思わず「このバカ」と口に出していた。そんな展開求められてねえぞ、客も視聴者も、ああ面白かったって最後まで笑わせたまま終わるんだよ。しかしすぐにフロアDの機転があって本格的な泣きっつらは回避できた。「相馬栄」の名前が消えたエンドロールまで見届けると肩の力が抜け、んな真剣に見るもんじゃねえだろ、と自分でおかしかった。

「こんばんは」

「制作／旭《あさひ》テレビ」のテロップからCMに変わる、絶妙のタイミングで設楽が入ってきた。

「見てた？」

「……そーゆーあんたが見てねえだろ」

「録画してるし。はい、これ」

一枚のDVDをテレビの側に置く。

「収録の副調整室《サブアウト》録画。せっかくだから使ってない部分も裏側も見たいだろうと思って」

そして丸椅子に掛け、リモコンでテレビの電源を切る。別世界のノイズが急に失われると、部屋の空気が一気にしんとなる。

「名和田、頑張ってたぞ。オンエア見てても分かるだろ?」

「……さあ」

認めたくないわけじゃない。本人以外に言ったって意味がないと思うだけだ。そんな栄の強情を、しょうがないな、というふうに設楽は笑う。

「栄にはいろいろ後悔もあるんだろうが、名和田はしっかりお前の仕事を吸収してるよ。模倣《もほう》ばっかりになるっていう心配はもっともだけど、俺は、あいつはいい番組でいい鍛《きた》えられ方をしてきたって思う。うちでも重宝してる」

何しろ、誰かさんにこき使われてたからよく気が利《き》いて、と褒め言葉の後につけ足す。

「ほっといたら自分でどんどん片づけちゃおうとするところは栄にすこし似てるけど、名和田は素直だから皆とも仲よくやれてるし……」

意味ありげに見てくんじゃねえよ。テレビを見るためベッドに腰掛けていたので、正面から向き合う構図になって妙に落ち着かない。横になろうかと思った時、設楽が静かに「栄」と呼んだ。

「ひとつだけ教えてくれ。……十一年前の、俺の言葉はお前を縛《しば》ってたか?」

「何のことだよ」

知らず、声が上ずった。向こうからその話題に触れてこられると、どう転がっていくのか読めなくてはらはらする。

「独りよがりだって分かってた。でも、どうしてもお前に仕事を続けてほしかったから、フォローもできないくせに酷《こく》は承知で『やれ』って言った。それが重荷になって、お前をここまで追い詰めたのか？」

ぼろぼろになってもやれ、と逃げを許さなかった、あの時の設楽の年齢をいつの間にか追い越した。でも栄は、あれほど、果たし合いのように真剣に誰かと向き合ったことはない。たとえば深に同じ台詞を言えと言われても無理だろう。かわいそうだと思ってしまう。でも、縛られていたというのは、絶対に違う。

「うぬぼれてんじゃねーよ」

栄はぶっきらぼうに答えた。

「俺がやりたくてやってただけだ。あんたには関係ねえよ。やらされ感抱えてできるような生ぬるい仕事じゃねえっつうの」

「……そうか、よかった」

心底ほっとしたように頷き、エアコンの微風に揺れるカーテンにすこし視線を逸《そ》らせた。そして「『ゴーゴー』ずっと見てたよ」と言う。

「全国ネットはありがたいね、どこ行ってもやってる。毎週楽しみだった」

――どこに行こうが、俺はずっと栄の仕事を見てるから。

あの言葉を、忘れたことはなかった。思い出さないほど深く、胸に刻んでいた。

「栄はこんなこと考えてるのか、次は何を仕掛けてくるんだろうって、わくわくしてた。取材や編集でどんなにくたびれてても、心にすっと入ってきて笑えるんだ。お前の苦労を知りもせず、自分はやっぱり正しかったたって嬉しかったし……悔しかったな。終わったのが残念でしょうがない」

膝に置いた手を、そっと取られる。ちらりと見えた設楽の手の甲に、栄がつけた傷は跡形もない。当たり前だ。設楽が栄の肌につけた唇のしるしがすぐに消えてしまったように。

「お疲れさま、栄。十一年もよく頑張ったな」

設楽が目を細め、ぎゅっと手を握る。

「エンドロールから栄の名前を消したくないって、現場のDはだいぶ粘《ねば》ってた。上が許さなかったけど、お前の努力を疑うやつはどこにもいない」

自分が払った労力を、分かってほしいなんてただの一度も思わなかった。ほかでもない自分がやりたいことに向かって走っているのだから、道のりや勾配《こうばい》を説《と》いたところで何になる。でも今、設楽の言葉にほっとしている。俺はこんなに弱かったのか。

「お前はすごい――でも、もういいんだよ。すこし休んだら、また新しく楽しいことを探そう」

――もういい。

――もういいんだよ、栄。

ああ、倒れて病院に担《かつ》ぎ込まれた日、設楽に言われたのは、この言葉だった。それを聞いて、栄はシャットダウンできた。やっと思い出した。

「……俺だって」

栄は設楽の手をほどくと、あの晩設楽にされたように、自分の目を覆った。

「俺だって……ずっと、あんたが見たら何て言うかな、どこでいちばんウケんだろうって考えながら、ずっと──」

つまらなかった、もう見なくていいかな、と思われたら。想像すると、手抜きなんてできるはずがなかった。顔の見えない何百万人もの視聴者と同じくらいのウェイトで、いつも設楽の存在が頭にあった。設楽が地方で制作した、子ども向けの教育バラエティが話題になると、負けたくないと強烈に思った。あんたより面白い視点、面白い角度、面白い演出、面白い編集。すごいな、うまいなって言わせてやる。

いなくなっても、設楽はずっと傍《そば》にいた。のしかかる重石《おもし》ではなく、背中を押す支えとして。

「ごめん」

設楽が言った。

「勝手な期待だけ押しつけて離れた俺が、もう何かを言う権利はないと思ってた。栄の邪魔になるだけだって。こっちに戻ってきてからお前がやばそうなの知ってても、黙ってた。もっと早く話をすればよかった」

「謝んな」

栄は首を振る。

「あんたのごめんは、嫌いなんだよ……」

「じゃあどんな言葉ならいい？」

「知らねえ」

「栄」

手を剝《は》がされ、ゆっくりまぶたを開けると、設楽の顔が間近だった。でも、まだ、もっと傍に来る。息がかかる。触れなくても、鼻先が近づく気配でくすぐったくなる。

唇が触れる瞬間、ノックと同時に扉が開いた。

「面会時間はとっくに過ぎてますよ」

「あ、どうもすみません、すぐ出ますんで」

設楽は、動揺をみじんも見せず立ち上がると「いつ退院？」と何食わぬ顔で訊いた。

「来週」

「そうか、おめでとう。じゃあ次に会うのは会社でだな、おやすみ」

ひとりになると、栄はベッドにばたっと転がった。

ここ数週間で見慣れたはずの天井が、異世界のそれに見える。横になったことで、水の入ったコップを倒したように動悸《どうき》が全身にうすく拡《ひろ》がっていった。何だ今のは。何考えてんだあいつ。

一回目は、心身が正常じゃなかったせいもあり、驚きはなかった。何でもいいから状況を忘れさせてくれる行為をこっちから求めたという自覚もあった。二度目は、冗談と腹立ち紛《まぎ》れだったと解釈した。でも、今のあれは、いったい。考えても分かるはずもない。設楽について考えてみて、確とした答えが得られたためしはないのだから。

ただひとつ、現段階で言えるのは、最中に踏み込まれなくてよかったということだけだ。ぎりぎりセーフ、ただそれだけ。

『栄、助けて』

そんな電話で起こされた。

『その声は寝起きだな、とにかく早く助けに来てほしいんだけど』

「……は？」

「そっちこそ寝ぼけてんのか？」

寝ぐせのついた頭を手櫛《てぐし》で宥《なだ》めながらテレビをつけると午前十時半、明け方まで会社で配信映像のチェックやラインナップの整理をしていたので、きょうは午後から出勤する予定だった。寝坊はしていない。

『じゃ、報道フロアで待ってるから』

「おい」

朝帯《あさたい》のワイドショーでは、この秋絶対行きたい味覚狩り特集が流れている。もぎたての梨のジューシーさにわざとらしく驚いてみせるリポーターの嘘くさい表情を携帯片手に眺め、夢か？　と自問した。しかし、着歴を見ても登録されていない番号からしっかり残っていた。あいつ、何で俺の番号知ってるんだろう。いやそれより「助けて」ってどういう意味だ。「報道フロア」と指定したからには仕事関係なのか。わざわざ部署の違う栄に要請《ようせい》する理由が分からない。これでまさか、のこのこ顔出したら「瓶《びん》の蓋《ふた》が開かなくて困ってるんだ」とか言う可能性──ゼロとは言えねえな。ちっとも深刻な口調ではなかったが、顔が見えないやり取りだといっそう真意が読めない。そうしてあれこれ考えているうちにすっかり目が冴《さ》えてしまい、栄は自分に舌打ちして身支度を始めた。本当にくだらない用件だったら即着拒《ちゃっきょ》だ。

別に急いでやる義理はないのでゆっくりシャワーを浴びてコーヒーを飲み、会社に着いたのは十二時過ぎだった。退院して職場復帰したのが先週、設楽とは一度だけ仕事の用件で顔を合わせたが別段どうということもないやり取りをしただけで、退院直前の接触未遂事案については何も言われなかったし、含みのあるところもなかったのでほっとした。あれがほんの数日前、病み上がりの人間に何をさせるつもりだ？

事務系の部署が昼休みに入る頃合いだが、一階のエントランスホールはがらがらで、エレベーターもすぐにやってきた。別に祝祭日でもない普通の金曜日なのに、単にタイミングがよかったのか、たまにある社員食堂無料デーで誰も社外に出ないのか。訝《いぶか》しみつつ空《から》っぽのエレベーターで報道フロアに着くとそこも閑散《かんさん》としていた。

さすがにおかしいと思った。報道の人間が一斉に食事に出るなんてまずありえないし、昼ニュースのオンエアが終わったばかり、もっと活気にあふれていてもいいはずだ。深夜でもないのに静かな報道フロア、初めて見る不気味な光景だった。しかも、まばらに残った人員も妙にのんびりテレビを見たりパソコンをいじったり、およそ働いている感じがしない。

「あ、栄」

まさかまだリアルな夢の続きなのかと立ち尽くしていると、設楽が現れて不覚にもほっとしてしまった。

「ほんとに来てくれたんだな、ありがとう」

ぽん、と肩に置かれるはずだった手をかわして「どういうことだ」と訊いた。

「ああ、やっぱりお前は業務連絡LINEなんか見ずに来てくれてたね」

すぐさま携帯を取り出す。寝起きの怪電話に気を取られてその他の情報をチェックしていなかった。

「…………スト？」

「正解」

コンテンツ事業部の部長から「本日は全社ストライキに突入することになりました」とグ

ループLINEに投下《とうか》されていた。やっぱ夢だろ、これ。

「二十年ぶりだって、すごいね、歴史的だね」

設楽がそのへんの机からビラを取り出してひらひらさせた。「闘争指令」とでかでか記《しる》されている。番組制作費のカット、人員削減《さくげん》に冬の賞与減、数々の懸案について夜を徹《てっ》して（暇かよ）労働組合が経営陣と団体交渉していたが、妥結《だけつ》に至らずスト決行に踏み切ったらしい。旭テレビの労組《ろうそ》は伝統的に発言力が強いとかで、これまでにもたびたび「スト予告」は目にしてきたが、直前でなあなあになるのが恒例だったから栄の中《なか》では半ば狼少年みたいな団体だった。

「二十一世紀初のスト、組合もまだ元気なんだなあ」

栄は、ストを経験していないので、「放送局で働いてはいけない」という状況を思い描けなかった。ヨーロッパあたりでは交通機関がよく止まっているイメージだが、業界のストライキって。再放送や収録ものは何とかなるとして、生放送はどうすんだよ。カラーバーやフィラーでも流しとく気か？

「助けてって、どういうことだよ」

「文字どおり、オンエアを助けてだよ。組合員は働いちゃいけないから、管理職と非組《ひくみ》で何とかしのぐしかないんだ。さっきの昼ニュースもなかなかスリリングだった」

「知ったこっちゃねえな」

「栄、もちろん非組だろ？」

「決めつけんな」

「あれ、入ってんの」

「入るわけあるか」

団結とか共闘《きょうとう》とかいう単語を不用意に目にしたら白血球が減る気がするのだ。

「ほらやっぱり、ああよかった、救われた」

設楽はわざとらしく胸を撫で下ろしてみせてから「お願いします」と頭を下げた。

「全般的に人手が足りないけど、特にオンエアDできるやつがいない」

「あんた頭おかしいだろ？　知ってたけど」

生放送の司令塔を、ノータッチの人間にぶっつけでやらせようとするなんて、思い切った采配《さいはい》どころの話じゃない。しかも、短いニュースを連続で流す、フォーマットの決まった定時ニュースとかじゃなく、プライム帯のトップを走る「ザ・ニュース」で。

「いやだって、ほんとにいないんだから」

「くそまじめにストしてる連中ばっかじゃねえんだろ」

仮に栄が組合員だったとしても、そんな指示には従わず自分の仕事をするだろう。一日空費《くうひ》させられた業務のしわ寄せを組合が何とかしてくれるわけがないし。しかし設楽は「スト破りねー」とかぶりを振った。

「ところがうち、特に執行部から目をつけられてるらしくて、見張り役が来てるんだ」

ほら、と目配せされた先にいるのは、フロア全体が見渡せる席で腕組みしてふんぞり返った男の姿だ。

「まいったねー、看板番組が率先《そっせん》して労働者のために闘う意思を見せなきゃ、だって。うちがスト破りなんかしたらよそに示しがつかないんだって。いやーつらいな有名番組は」

「やかましい」

「栄だって言ってただろ」

「あいつひとりだけ？　なら大道具の倉庫かどっかに監禁しとけよ」

「時間がないんだ、現実的な話をしよう」

いや、全然やるけど？

「きょうはほかにもイレギュラーがあって、まず午後十時からサッカーの中継があるからスタートはいつもより一時間早い午後九時、きょう初めて出演してもらう経済学者の先生がいてこまめにアテンドしなきゃいけない」

作業時間が大幅に減るうえ、まだ勝手も分からないお客さんがいらっしゃる、と。

「その先生、テレビの経験は？」

「まったくない。夏に出した、貧困と格差に関する本がけっこう面白かったからオファーして、きょうがテレビ初出演」

聞けば聞くほど事故の予感しかしない。栄は「断る」とはっきり言った。

「非組だからってよその応援に行かされる筋合いはねえよ、きょうは六時に退社する」

「そこを何とか」

「誰がやるか」

「こないだの賭け、俺が勝ったよな」

「は？」

「ほら、やっぱり名和田、辞めなかっただろ？」

「……いや、もうとっくに取り立てただろうが」

「えー、あんなキス一回でー？　子どもじゃないんだから」

こっちは音量を落としたのに、人がすくないとはいえ実に大らかに口にされ、栄は設楽のネクタイを慌てて引っ張った。

「てめえ何考えて——」

「怖い？」

試すような、底の見えない眼差し。怖いって、そりゃ会社でいきなり暴露《ばくろ》されたら焦る、でも設楽の問いの意味は違った。

「あれ以来、生放送のオンエアD、やってないんじゃないのか」

はっと手を引っ込める。設楽からは、冗談めかした笑顔がいつの間にか蒸発している。

「まだ怖いか？　自分の目が届かないところで何か起こったら、って」

関係ねえよ、と思う。「ゴーゴーダッシュ」は基本収録だったし、生放送の時も、ほかにやれる人間がいた。単なる役割分担の結果であり、栄が避けていたという事実はない。

「……怖いわけねえだろ」

目の前の男をにらむ。

「じゃあ、」

「でもそれとこれとは話が別なんだよ、その手に乗るか」

「栄、頼むよ、どうしたら引き受けてくれる？」

どうしても断る、と一蹴《いっしゅう》するのはたやすい、しかし栄の頭には黄信号が点《とも》っている。こいつ、さっきみたいな危険な発言をやらかすかもしれない。別に言いふらされたところで困りはしないが、社内にうようよいるゴシップ好きな連中の口の端《は》に上ると仮定しただけでぞっとする。そして、栄が何をいやがるか、設楽は熟知しているのだ。

思慮の結果、言った。

「俺にプロデューサーもさせるっていうんなら、考えてもいい」

「うん？」

「だから、きょうは全部俺仕切り。ネタ選びもチェックも構成も。もちろんオンエアDも俺。俺が好きなように放送する。で、あんたはきょう一日ADに降格《こうかく》」

「えっ、そんなことでいいの？　やったね」

さすがに渋るだろうと思ったのに、設楽はぱあっと声を弾ませた。

「じゃっ、男にも女にも二言《にごん》なしってことで、よろしくお願いしまーす。あー俺、最新のコピー機使い方分かるかな？」

にこにこしながら両手で栄の手を握ると、一瞬だけものすごい真顔で「よろしくね？」と念を押した。

「やめろっ」

振り払おうとするより早くさっと離れ「じゃ、気が変わらないうちにさっそくスタッフルームのほうへ」と歩き出す。早まった、のかもしれない。でもどう断ったところで最終的には承諾させられていた気がする。昔から、設楽は仕事の人選に関しては多少強引な手を使っても自分の好みを押し通そうとする節《ふし》がありありだった。基本的に、他人を自分目線で値踏みするのにためらいを感じていないのだ。見せかけの虚飾《きょしょく》にも卑屈《ひくつ》な謙遜《けんそん》にも惑わされず、設楽の鏡は冷酷なほど忠実に対象を映す。要はとことんプロデューサー向き。

スタッフルームの人口密度はすでに高く、設楽は「おはようございます」とひと声かけると、状況分かってんのかと疑うほど楽しそうに切り出した。

「ごめん、適当でいいから俺の声が聞こえるとこにいてくれる？　──あ、別に立たなくてもいいから、作業してる人は続けてて。皆さん、連絡したとおり、社内ではただいまスト決行中です。よって、組合に所属する局員は業務に携《たずさ》わることができません。管理職の僕と非組の人間は通常勤務ですが、それでも戦力減が予想されます。ご迷惑おかけすると思いますが、よろしくお願いします」

はい、という返事は誰からも上がらなかった。そりゃそうだろう、外注のスタッフにとっても初めての事態のはずで、「そんなこと言われたって……」「どうすんの」とあちこちで顔を見合わせている。それから、栄をちらちら窺い明らかに不安の色を濃くしていた。

「まあでも、こちらとしても人繰《ひとぐ》りのケアはそれなりにするつもりです。助っ人はいろいろ考えてるので——まずはこちらにいる相馬栄くん。コンテンツ事業部からわざわざヘルプに入ってくれました。きょうは一日プロデューサー兼オンエアDということで、彼が僕だと思って分からないことはどんどん訊いてください」

無理がありすぎる。今までひそひそ散発的だった動揺と戸惑いが一気にざわめきになった。

「それに伴い、僕はきょう一日ADとなっていつも皆さんが味わっている苦労理不尽その他もろもろを体感させていただくつもりです。よろしくお願いしまーす」

ざわめきがどよめきに変わる。誰かがおそるおそる手を挙げた。

「設楽さん」

「なーに?」

「まじすか?」

「もちろん。きょうはADも足りないしね」

笑顔で無茶を言い出す時がいちばん危険、という認識くらいはあるのだろう、絶望といっていい空気が波状《はじょう》に拡がっていく。唯一、嬉しさを隠しきれない顔をしているのは深だけだった。お前、悪目立ちしてんぞ。

「えー、それでは、相馬Pからひと言」

「原稿テロップリードVTR、オンエアに乗せる素材はどんな些細《ささい》なものでも俺がチェックする。スタンドプレー禁止、自己判断禁止、口答え禁止。Dやデスクレベルで何ひとつ決めるな、勝手なまねをするな、口の利《き》き方には気をつけろ、以上」

一気に部屋の温度が下がった。走り出しから最悪の雰囲気だが、仕方ない。どうせ設楽のようにはできないのだから、猿まねを試《こころ》みるより自分らしさを必要以上に全開にしてやる。わざと失敗させるつもりはさらさらないが「何でよりにもよってこんなやつを」とすこしは下の反感を買ってみたらいいと思う。

「じゃあさっそく、これを……」

「あ?」

設楽がうやうやしく差し出してきたのは、昔着用していたカーディガンだった。

「やっぱプロデューサーにはこれがないと」

何でまだ持ってんだよ。栄は黙って床に叩きつける。

「これ以上一秒でも俺の時間を無駄にしたら帰る」

「はい、すみません」

「……まず、ゲスト外の演者《えんじゃ》の手配は？」

裏方がどうにかしのいだところで、スタジオが無人では何の意味もない。

「MCは管理職だったよな」

メインMCの麻生圭一《あそうけいいち》がいれば、少々の不体裁《ふていさい》には動じないという勝算があった。しかしあっさり「きょうから夏休みなんだよねー」と出鼻を挫《くじ》かれてしまう。

「ごめんごめん、最大のイレギュラーを言い忘れてた」

「忘れてたですむか、緊急事態なんだから呼び戻せよ。あんた同期だしそのぐらいの融通《ゆうずう》利くだろ」

「夏休みイコールバカンスなんだから無理だよ。今頃、地中海に向かう飛行機の中じゃないかな。国江田《くにえだ》が代役の予定だったけど、それも白紙ってことになるな」

「……じゃあ、面子をどうする気だ」

気象予報士とお天気キャスターは事務所のタレントだから問題ないが、MCと、ニュース担当の国江田計《けい》とスポーツ担当の皆川竜起《みながわたつき》の代打。慣れない助っ人にMCとニュース読みの兼任は無理だろうから、三人は要《い》る。

「アナ部の管理職って、あとは枯《か》れたじじいばっかだろ」

華のある、アナウンサーとしての盛りを過ぎた、という意味で。年を取れば露出は減る、露出が減れば存在感もくすんでいく。

「ま、しょうがないよね。緊急避難緊急避難。読み上げソフトに頼るわけにはいかないし」

茶色いおかずしか入っていない弁当みたいにぱっとしないスタジオになりそうだ。早くもやる気なくなってきたな。せめてセットの花、パチンコ屋みたいに盛り盛りにさせるか。

「とりあえずアナ部に話通してこいよ」

「今アナ部もその件で会議中で――あ、竜起、おはよう」

「おはよーございます！　まじでストやってるんすねー！　やばい、俺組合入っとけばよかったかも？　合法的《ごうほうてき》に休めるチャンスだったのにー。有休扱いでいいんですよね？」

うるせえな。しかし、それより聞き捨てならない発言だった。

「竜起、お前ひょっとして非組なの？」

設楽が尋ねる。

「そうなんですよー」

「すごいな、アナ部なんかほぼ半強制的に入らされてなかったっけ？」

「初任給からいきなり一万円も組合費天引きされてたんで、何じゃこりゃあってゴネて辞めました。お金もったいないし」

同調圧力というものをいっさい感じない人間がまれにいるが（栄もそうだし）この図太さだけは大したものだと思う。そして相馬栄一日プロデューサーの件を聞くや「うっそ！」と遠慮なくのけ反《ぞ》り「設楽さん、悪魔と取引しましたね」とほざいた。

「竜起は不満？」

どうやらこの率直さを設楽は気に入っているらしく、楽しげだった。

「そりゃそうでしょー！」

皆川はためらいなく笑顔で答える。こいつとはそう深い関わりがあるわけじゃないが、持って生まれた要領のよさや容姿への甘えが鼻につくとは思っていた。ある程度のハードルならあっさりクリアしてしまえるから、これまで自分を追い込んだ経験なく生きてきて満足している、そういうところが気に食わなくてはっきり貶《けな》したこともあるので、いやがられるのは当然だろう。陰でぶつぶつ言われるより、このからりとした反応のほうがましだ。しかしいい性格してんなこいつも。

「ところで国江田は？　とりあえず会社に向かいますってLINEきてたんだけど」

「あー、何かアナ部の部長に抗議してましたよ。あの人組合員だから。でも部長『俺、「ザ・ニュース」出てみたかったんだよなー』ってまんざらでもなさそうだったし、まともに取り合ってもらえないでしょうね」

そこへ、当の国江田がやってきた。

「おはようございます。設楽さん、全社ストって解除されないんですか」

「きょういっぱいは頑張るみたい。せっかく出社してもらって悪いけど、きょうは君の出番なし、というか出すわけにはいかない。そういう取り決めだから」

国江田の眉間《みけん》に、不服そうなしわがうっすら走る。こんなにあっさり白旗《しらはた》を上げられるのは納得がいかないのだろう。

「社内の条件闘争なんて、視聴者には一切関係ありませんよね？」

「そう、でもルールはルール。組合がストをしてる以上、ぶっちぎって国江田を働かせられないな。誤解するなよ、組合は何も無法な狼藉《ろうぜき》をしてるわけじゃない。労働者に与えられた権利を、労働者のために行使している。オンエアは、まあいつもどおりにいくわけないけど、今いるメンバーで最善を尽くします、としか言いようがない。不本意は重々承知だけど、こらえてくれ」

「……分かりました」

国江田はさっときびすを返して出て行った。一日Pとしてもいてくれたほうが助かるに決まっているが、監視までついている以上、強行出演させるのはまずい。出さない面倒と出した時の面倒なら、前者を取る。演者の件は設楽に丸投げするとして、早くきょうのメニューだけでも決めなくてはならないので、パソコンで取材予定表を開く。企業の新製品発表会や行政関係の定例記者会見は、ほぼほぼキャンセルと思っていいだろう。外報《がいほう》はストに関係ないから海外支局のネタはある程度期待できる。後は、現場優先順位を考えてぎりぎり以下の人手で回しているに違いない。

「きょう、決まってるネタは？」

「こないだの台風被害の総まくりと、特集の年金問題。台風の素材は大体そろってて、どう再構成するかって段階。たたき台の原稿見て決めようか。Ｖ尺は十分ぐらいかな？」

「おい、ＡＤが出過ぎた口きいてんじゃねーよ」

きっちり釘《くぎ》を刺しておく。

「構成決めんのは俺、尺配分も俺、あんたは訊かれたことに答えて言われたことやってりゃいい」

「はーい。じゃあさっそく出前のオーダーでも取ろうかな？　まだ昼めし食ってない人～」

これだよ。不意にキレるかと思えば、こっちがあからさまに挑発しても乗ってこない。むかつきながら項目を立てていく。レストランのシェフがフルコースのメニューを考えるようなもので、その日仕入れる材料を吟味《ぎんみ》し、調理法を決める。放送枠という絶対的な分量は変えようがないが、前菜のバリエーションでアピールするか、メインをどかんとがっつりいくのか、一見うまそうには見えないが噛みしめれば味わい深いマニアックさを目指すのか……バランスとカロリー、見た目も考慮する。もちろん、突発的な大事件や事故が入ってくれば、何かを（あるいはすべてを）捨てて新しくこしらえなくてはならないが、そんな不確かなものを頼みにして準備をさぼるわけにはいかない。コメントや解説を挟む「本記《ほんき》」と呼ばれるメインニュース、フラッシュニュース、スポーツ、と大体の候補をラインナップして尺の割り振りを考えていると、なぜか国江田が戻ってきた。

「あれ、国江田、忘れ物?」

「いいえ」

国江田は、設楽の前に歩み出ると一枚の紙をぺらっと取り出した。

「たった今、組合を抜けてきましたので」

「……ん?」

「大リハーサル室で決起集会中のところにお邪魔して、執行委員長に直接お渡ししてきました。これで問題なくオンエアに出られます。ふだんどおり、よろしくお願いしますね」

国江田が出した紙を一読して、設楽はげらげら笑い出した。

「これ突きつけたの? 執行部以下がひしめいてる集会中に? 呼んでよ～、現場見たかったな」

そして栄のところにまで「ほら」とわざわざ見せに来た。「旭テレビ労働組合・中央執行委員長様」と前置きされた「脱退届《だったいとどけ》」のコピーだった。国江田計の署名と捺印《なついん》もしっかりある。

『私、国江田計は、本日労働組合を脱退いたします。なお、労働裁判においては、「中央委員会の討議《とうぎ》を要する旨《むね》の規約があっても脱退はその旨の通告だけで効力を生《しょう》ずる」(東京地裁)、「脱退の効果は脱退の意思によって直《ただ》ちに発する」(福岡高裁)等となっております。今後、私は貴組織とは無関係の労働者です。除名等の処分を受ける立場にはありませんので、こうした行為や、組合の機関紙に掲載された場合には直ちに然《しか》るべき第三者機関に相談する意思があります旨、申し添えておきます。以上』

攻撃的すぎる、と設楽は喜んでいた。明らかに。

「組合の規約には、脱退は九十日前に申告とあったので、それを盾《たて》に取られたら面倒だなと」

だから、あらかじめ理論武装して脱退届を自作し、わざわざ組合のトップに直談判してきた

——こいつ、こんなやつだったのか？　国江田計について栄は何も知らない。テレビで見ている視聴者以下の情報量かもしれない。ただ、すごいアナウンサーがいる、と入社当初から評判は高く、栄の目にも過大評価ではなかった。そして読みの技術もさることながら、性格のほうも優しい、穏やかな王子さまという触れ込みだったはずだが、これがお上品な王子のすることだろうか。他人の反感を買うような下手《へた》は打たない印象だったが。

「脱退理由、訊かれなかった？」

「『テレビに出たいので』と答えました」

平然とした国江田に、設楽はますます腹を抱えて笑った。「あっれー」と社食から戻ってきた皆川も近づいてくる。

「先輩、出るんですか？」

「うん」

「俺がカバーしますよ、ほら、こないだ俺が喉《のど》つぶしちゃった時、スポーツやってもらいまし

たし、ご恩返しの機会かなって思ってたんですけど」

「ありがとう、でもお構いなく」

ふたりとも表面上は笑顔だったが、ばちっと散った火花は栄にも見えた。いい傾向《けいこう》だと思う。自分の縄張りに鋭敏《えいびん》じゃない演者など論外、仲よしこよしは好きにすりゃいいが、馴れ合いはつまらない。休みたいようなことを言っていた皆川にも譲れないプライドくらいはあるらしい、と若干《じゃっかん》見直してやる。しかしそれでも、きょう一日のために組合を脱退するのは明らかにやりすぎだ。

「おい」

栄は設楽の肩を押してスタッフルームの外にまで追いやった。

「何か？」

「何かじゃねえよ、どうすんだ国江田。あんな真《ま》っ向《こう》から組合に喧嘩売らせて」

「そんなこと言われたってもう売っちゃったものは仕方ないし、俺が売らせたわけじゃないからなあ」

「のんきな顔してんじゃねえ、あいつ、こないだも選挙出る出ないで上層部がぴりぴりしてただろ」

組合に逆らう、すなわち管理側につく、という解釈でかわいがられる可能性はひくく、要注意マークがさらにでかく濃くなっただけだろう。いざとなれば自分の希望を組織の命令より優先させる駒《こま》、と認識されるのが局アナにとってプラスに働くわけがない。

「選挙の件なんか、それこそ国江田に何の非もない。スポーツ紙や週刊誌に踊らされて勝手に一部のバカが騒ぎ立てただけだよ」

「そんな理屈が上に通用するか？　俺好みに育てたって、設楽イズム伝授したあんたはそりゃ嬉しいだろうけど」

「なわけない」

と設楽は反論した。

「国江田はずっとファイターだよ。闘志を表に出すのをよしとしないところも含めて。俺が何らかの影響を及ぼしたなんて、うぬぼれも甚《はなは》だしい」

「……だったとして、それを諫《いさ》めるのもあんたの仕事だろ。出る杭《くい》打たれる社風は身をもって知ってんだろうが」

「お互いにね」

設楽は笑った。

「国江田は、高く飛び出しすぎて打とうとする連中の手も届かない存在になるよ。俺ごときにできるのは、その周りの土を固めて援護するぐらいだろうね……話は終わりか？　じゃあ仕事に戻ろう、俺が相馬Pにいじめられてるんじゃないかって心配されるよ」

何でそうひと言多いんだよ。スタッフルームに戻る直前、設楽は不意に足を止めて言った。

「国江田を心配してくれてありがとう、栄」


「この原稿、こっち入れ替えろ、Vもそれに合わせてつなぎ直せ。単純に順番テレコにしても不自然だから考えろよ。あと一分三十二秒んとこ、カットのつなぎが気持ち悪い。これ、素材は？　置いとけ、全部見る」

撮影した映像を、二倍速、三倍速で流し見る。原稿と見比べて使うところを決め、時には原稿のほうに手を入れる。そんなに頭をフル回転させている意識はない。使うべき画《え》のところにきたら、指先がちりっと熱くなる感覚で「分かる」だけだ。秒単位で画を指定し、きょうばかりは自分でつないでいる暇はないので編集マンに発注する（そして上がりが気に入らなければ容赦《ようしゃ》なくリテイクを出す）。夕方近くになって、設楽が「相馬P、ちょっといいですか？」とわざとらしいいんぎんさで寄ってきた。

「いいわけねえだろ、忙しいんだよ――おい、この原稿『方針を示し』ってあるが、夕刊各紙とも『決定した』って報じてるぞ。ウラが取れてねえからこんな及び腰なのか？　それとももっと突っ込んだ表現でもいいのか？」

「すぐ確認します！」

「マイルドな書き方でお茶濁《にご》しときゃ誤報《ごほう》にはならないだろうって甘えた原稿出してくんじゃ

ねえよ。……まだいたのか」

「助っ人呼ぶって言ってただろ、集まったからお前にも紹介しとこうと思って」

設楽の横には、老人が五人並んでいた。老人だ。どう見たって中年も高年も通り過ぎたじじいだ。後期高齢者じゃねえの、というご老体もいる。唯一顔を知っているのはカメラマンの錦《にしき》戸《ど》で、こいつはまだいい。無駄に頑健《がんけん》で、未だにあちこちの現場に出ている。しかし、その他はどういう人選だ？

「えっと、こちら、コンプライアンス部の嘱託《しょくたく》、旭土地開発の相談役、旭トラベルの顧問《こもん》、えーとそれから……何でしたっけ？」

「旭ゴルフクラブの名誉会長だよ！　もう、設楽はいつまで経《た》っても覚えてくれない……」

「すいません、なぜかエアポケットに入るんですよね。で、こちらはお世話になったから知ってるよな？　報道カメラの最重鎮《さいじゅうちん》、錦戸さん」

「俺、スタジオカメラははっきり言ってへただぞ、狭いからあちこちぶつかるんだよ」

「またまたご謙遜《けんそん》を……というわけで、百人力《ひゃくにんりき》のベテラン勢がわざわざこのピンチに駆けつけてくれたので――」

「ちょっと顔貸せや」

今度は廊下に出る手間も惜しかったのでロッカーが置いてあるスタッフルームの片隅に連れ出し「どういうつもりだよ」と問い詰めた。

「いやがらせか?」

「そんなわけないだろ、心外だな」

「じゃあ何であんなシルバー人材センターから寄せ集めてきたような顔ぶれなんだよ」

「せめて名球会と言ってほしい」

「そんないいもんか? あんたと仲いいだけあって、マイナー部署の窓際に関連会社、肩書き聞いただけで出世コースから外れた負け犬のにおいしかしねえよ」

「テレビの黄金期を担《にな》った偉大な先輩方だぞ、口を慎《つつし》め」

「金余りの時代に大量採用されて今も人件費圧迫してる貧乏神の間違いだろ? おかげで下の世代は迷惑してんだよ。大体、こき使ってスタジオで心臓停まったらどうする?」

「百戦錬磨《ひゃくせんれんま》のテレビマンがオンエア中に息絶えるんなら本望じゃないかな」

「あ、あのっ」

深の声が割って入り、気づけばじじいたちが恨《うら》めしそうにじっとこちらを見ていた。

「さ、さっきから丸聞こえなんですけど……」

「失礼、場所を変えます」

「そうじゃないだろ設楽っ」

「勝手なこと言うな、まだまだ孫と遊ぶつもりなのに死にたくないぞ!」

「まず堂々と悪口言うんじゃないよ! そっちの小僧、めちゃくちゃだぞっ」

「あーうるせえな！」

　助っ人どころかハンデを追加されたとしか思えない。それでも一応報道経験もあるらしいので、フラッシュニュースのチェック程度ならできるのかと思いきや「パソコンが使えない」と言い出した。

「いや、使い方は分かるけど、報道情報システムのＩＤ支給されてないんだよ」

「昔は原稿も手書きだったのに、最近は変わったねえ」

「そうそう、テロップも紙焼きで」

「紙焼きって何ですか？」

　皆川がまた、余計なところに食いついた。

「昔は、テロップの文字をいちいち撮影して映像に乗せてたんだよ」

「色つけたかったら自分でマーカーで塗って、なあ」

「懐かしい、俺得意だったよ」

「へえ、時代感じる〜。じゃあ現役時代いちばん衝撃的だったニュースは？」

「宮沢《みやざわ》りえの『サンタフェ』かねえ」

「それ報道関係ないっすよね」

「いやいや、あの世紀の婚約会見、最前で取材したのが記者人生のピークだったから。神々《こうごう》しいほど美しかったなあ……」

「へえ、いいなー」

あまりにくだらない話に花が咲いているので、とうとう雷を落とした。

「てめえらいい加減にしろ!! 窓から放り出すぞ!」

怒鳴ると一瞬しん……となったが、すぐに「怖い怖い」と芝居がかった仕草で身を寄せ合った。

「最近の若いもんはやだなあ、ぎすぎすしてて」

「何もかもスマホとSNSのせいだよ」

「設楽はどんな教育してるのかな」

無駄に年を食っているだけあって、栄の罵倒《ばとう》など意に介さない年寄りどもに周りも笑いをこらえてうつむいている。尚も怒ろうとすると設楽が「コメンテーターさんお見えです」と声をかけてくる。

「打ち合わせお願いしまーす。あ、名和田、さっきプロンプ作ろうとしたらプリンタが両面印刷になってたんだけど、何で?」

「あー……こっちでやりますんで、できれば触らんとってください」

きょうがテレビデビューという先生は、いかにもお勉強ばっかりやってきましたという雰囲気の、風采《ふうさい》の上がらない男だった。事前に確認したプロフィールによると五十代前半だが、十歳は老けて見える。声もぼそぼそして聞き取りづらいし、すぐに目線が下を向く。よくこんなのテレビに呼んだな、と三分でうんざりさせられた。「まともな論評ができる」と「テレビ的にウケがいい」はなかなか一致せず、どちらかといえば後者の指標を優先したほうがこちらとしては楽に違いない。公的年金の危うい先行き、政府が盛んに押すＮＩＳＡやｉＤｅＣｏといった「自分で備《そな》える」資金の将来性とそのリスクについて、栄はとりあえず先生の話を拝聴《はいちょう》するつもりだったが、途中で耐えきれず「ストップ」と遮《さえぎ》った。

「先生、あんた今自分が何分しゃべったか把握してる？」

「えっ」

「十分四十五秒、何だそれだけかかって思うだろ？　でも、合いの手も入らず、張りのないしゃべりを続けるには長すぎんだよ。大学の講義や講演会とは違う。視聴者は、わざわざあんたの話聞くためにここにチャンネル合わせてるわけじゃねえ。今みたいに引きのないトーク、本番でされたら三十秒でよそに移られる」

「そう言われても……」

「できませんは通用しねえぞ、テレビの仕事引き受けた以上、テレビ的なセオリーをちょっとは勉強してもらわねえと。まずセンテンスは短く区切れ、一文をだらだら引き伸ばすな。結論は後回しにせず、むしろ最初にかましてインパクトを重視する、何でだろうって興味を惹きつけろ、それから、一方的にしゃべるのは厳禁な。国江田が質問なり相づちなり、リアクションする。それが視聴者とキャッチボールすることにもなる。最後に、小難しい表現は使うな。一日働いた後の時間帯にガチの経済論聞きたいやつはかなり奇特だ、以上」

「急にそんな」

「分かったな？　分かったら次はその外見を何とかしに行くぞ。じいさん、ついてこい、どれでもいいから二、三人」

「どれって言ったな⁉」

「時間ねえんだ、ガタガタ言うな」

　引っ立てる勢いで先生を衣装部屋に連れて行くと、用意されていた服は案の定安牌《あんぱい》の地味極まりないダークカラーのスーツだったので「漁《あさ》るぞ」と一方的に宣言してきょう使える服を見繕《つくろ》う。何しろ佇《たたず》まいが暗いから、服くらいは目を引くものにしたい。デニムとボートネックのカットソー、深緑のコーデュロイのジャケット。

「靴は……このコインローファーだな。よし、丈とか細かいサイズは衣装に調節してもらえ。視力は？　〇・三？　ならギリ裸眼でもいけそうだな。そのだっさい眼鏡もこっちのセルフレームにチェンジ」

「見えないと困る！」

「カンペはバカでかいフォントで出してやるし、オンエアモニターもぎりぎりまで近づけるから大丈夫だよ。多少ぼやけたほうが却《かえ》って緊張せずにすむだろ」

　冴《さ》えない中年男を、まあまあ服装に気を遣うインテリくらいに着せ替えると今度はメイク室に向かう。

「後は髪だな。あんた生まれてこの方櫛通したことある？　ベートーヴェンが三日ぐらいぶっつづけで爆睡したみたいな頭だけど。これを機にセットの仕方ぐらい教えてもらっとけ」

「わ、私はいやだ、こんなのは」

先生は怯《ひる》みつつ栄をにらんだ。悲しいほど迫力がない。

「こんなちゃらちゃらした格好、恥だ……そこまでして大衆《たいしゅう》に受けようなんて思ってない」

「どこがちゃらちゃらだよ、下《げ》の下《げ》がせいぜい中の中に変わっただけじゃねえか」

下の下、と断言された先生は明らかに傷ついていたが、それでもなお抵抗を試みる。

「そもそも最初にオファーしてきた設楽っていう人は、もっとちゃんと話を聞いてくれたし……

…」

「あいつは降格したから」

「えっ」

「ADに降格だ、そんできょうは俺がP、だから俺の言うことが絶対なんだよ」

「そんな、むちゃくちゃだ……どういう番組なんだ？　ここは……」

それには同感だな。

「じゃああんたの考えはむちゃくちゃ甘ったれてるって思わねえのか？　ネクタイよれよれで、頭はもっさもさ、だけど言ってることはまともだ、って分かってもらえるのを望んでる。残念ながら一般的にその『だけど』のハードルは高いんだよ。一時間足らずの尺でそれを越えられると思ってるのか？　人は見た目が九割、違うね、テレビにおいては十二割ぐらいなんだよ。視聴者が自分を認めて当然ってお高く止まってるやつの話を誰が聞くんだよ」

屈辱《くつじょく》なのか怒りなのか、ただでさえ色の悪い唇を青白くして先生は棒立ちになっている。しかし栄は手をゆるめなかった。設楽がどうハンドリングするつもりだったかはどうでもいい、相馬Ｐのやり方としては最初に手荒く叩き込む、それだけだ。へそを曲げて本番に出なければそれまでの話、専門性はなくても放送に耐える解説なら国江田にもできるだろう。

「それに、俺は研究の世界なんか知らねえけど、巡り巡って大衆のためにならない学問があるのか？　そう願ってない研究者がいるのか？　大衆に受けようと思ってないって自分の発言、よく省《かえり》みろよ」

エレベーターがきたので「アテンドしとけ」と老人組にお守りを委《ゆだ》ねた。

「え〜」

「この空気でバトン渡してくるかね？」

「プロデューサー命令だ」

フォローと説教なら、年の功に勝《まさ》るものはない。

「……それにしても、ちょっと言いすぎじゃないかね？」

肩を落としてエレベーターに乗る先生を見やって小声でささやく老人の目には、隠しきれない高揚感が泳いでいた。言いたいことは分かる、という顔だ。テレビ映《ば》えの大切さなど、栄よりずっとよく知っているだろう。

「おだてて慰《なぐさ》めてノせるのが助っ人の仕事だよ」

「地味だなあ……何だよ設楽、記者リポしてもらうかもしれないとか言ってたくせして」

「あいつはいつもそうだろう、すいませーんとか言いながら人を利用するんだ……」

よく分かってんじゃねえか。さて、もう七時を回った。ここからどんどん追い込まなければ。飛び込みで何か入ってこないか、すでにできあがった原稿が新しい情報で更新されていないか、他局は何を報じているのか……片っ端からチェックしてメニューに細かく手を加える。

「ストって、昔はしょっちゅうやってたんですか?」

「しょっちゅうってわけじゃないが、まあそれなりに」

「一週間ぐらい続けた時は管理職がどんどんやつれていくのが分かってな、さすがに良心が痛んだよ」

「でも、帯番組とかいつもと違う人が出てたら視聴者も『あれ?』ってなりますよね、どうするんすか」

「オンエアで言及することはないな、ぬるっと進行するだけだよ」

「視聴者センターにいろいろ問い合わせもくるんだが、『諸事情』でごまかす」

「他局もちょいちょいあったよね」

「そうそう、きょうは渋いアナウンサーばっかり出てるな〜ってな」

「へーおもしろーい」

「……だから、寛《くつろ》いでねえで働け！」

隙あらばコーヒーブレイクに突入する皆川と老人会に怒ると「いやいや、やったとも」といばりながらテロップ伝票の控えを差し出した。オンライン発注が基本なのに紙、しかも俺を通さず勝手に出しやがって。できが悪かったら即座に破り捨てるつもりで目を通す。

「どう？　どう？」

「忌憚《きたん》ない意見聞かせてっ」

「スタジオのサイドテロップなんか何十年ぶりに作るかなあ」

「うるせえよ……この、『明日』をひらがな、およそは『約』に訂正。『ギネス記録』じゃなくて『ギネス世界記録』。省略不可」

「ああ、そうだったっけ」

はっきりいって基本のキだから、こんなケアレスミスをするなと言いたい。しかし一方で、文言《もんごん》自体は非常によくできていた。どれを取ってもニュースの中身をぐっと凝縮《ぎょうしゅく》しつつ硬すぎず、ネタによっては洒脱《しゃだつ》なユーモアさえ漂っている。二十文字程度のテロップだからこそセンスと国語能力がはっきり出る。そして短くても「表現」だから完ぺきはありえないが、すくなくとも栄が自分で書くようりうまい、と認めざるを得なかった。だてに年食ってねえな。

に入る。

Vが上がると下読みさせ、メイクを終えた先生と、今度は国江田もまじえて最終打ち合わせ

「……で、僕がこう振ったら次のくだりお願いします。締めのコメントはこちらで言います。申し訳ありませんが、時間の都合で早めに締めさせていただくこともありますので、そこはご了承下さい」

「ああ、分かりました」

先生はいくらか落ち着いたようすで、お守りのじじいと雑談する心のゆとりも見せていた。

「じゃあ先生、もう一回、入《い》りのあいさつを練習しときましょうか。国江田くんから紹介があったら、赤いランプのついたカメラを見て軽く会釈《えしゃく》、『こんばんは、よろしくお願いします』です。アタマ、トップニュースは台風の話題ですから、あまりにこやかでも困るんですが、ちょっとこう、はつらつとした印象を意識して」

「はつらつ……」

「先生はまだお若いんですから。服も髪型もさまになってますよ、さっきスマホで録画したのを見ておさらいしましょう」

「いや、自分の動画を見るのはどうにも恥ずかしくて」

「とはいえ仕事ですからね。慣れりゃ客観的に見られるようになります。何より先生、自分のコメントを見返してると、尺の感覚が身につくんです。自分が三十秒で何を伝えられるのか、

一分なら、三分なら、五分なら……そのボリューム感を身体の感覚で覚える。アナウンサーは徹底的にこの訓練をします。ふだんの講義やスピーチでも絶対役に立ちますよ」

「なるほど……」

放置しても大丈夫そうなので、副調整室《サブ》に入ってオンエアのD卓をチェックした。十年以上まともに触っていないし、この副調整室自体を初めて使うので、各種のボタンやスイッチの並びを把握《はあく》しておかなければ。目はモニターに釘付けだから、手元をいちいち見ていたら仕事にならない。ほんと、とんでもないこと頼んできやがって。目と指に卓の配置を教え込んでいると設楽が入ってきた。

「構成表、改訂出ましたー」

「うお、設楽さん何やってんですか！」

SE担当のスタッフが驚く。

「あれ、まだ知らなかった？　俺、きょうADだから」

「まじで!?　どうりで技打《ぎう》ちを真剣に聞いてると思いましたよ」

「そんな、いつも真剣だよ」

そして栄にも構成表を手渡して言った。

「俺が選んだ助っ人とすっかり打ち解けてくれたみたいで嬉しいよ」

「どの絡《から》み見て言ってんだか」

「え～。そろそろ、演者、スタジオに呼び込むね」

生放送前のこの空気、久しぶりだ。収録もののバラエティとどっちがどうこうではなく、まるで異質なのだ。走り出したら誰も止められないし止めてはいけない。一秒先、二秒先をつねに念頭に置いて進むコンテンツ。ぎりぎりまでスタジオでカメラ割りや項目の優先順位（絶対やるニュース、尺次第でカットしてもやむないニュース）を確認し、オンエア三分前に副調整室に飛び込むと、じじいたちがしげしげとD卓を覗き込んでいた。

「ああ、しばらく見ないうちにすっかりハイテクだねえ、こんなにボタンいるのかなしかし」

「かっこよく見せようとして張りぼてのボタンくっつけてんじゃないか？」

誰にだよ。

「おっ、これがキューボタンだな、昔、思いっきり押したらボタンがびよーんって取れたことあってさあ」

「まさか」

「本当なんだよ！　押せって急《せ》かされたから『はいっ、CMキュー！』ってかっこよく決めたつもりが」

こんなふうに、とボタンに手を掛けようとするので「やめろっ」と叫んだ。まだオンエア前、まさにCM中だから押しても何の影響もないが、最重要ボタンをおもちゃにされてはたまらない。

「なっ、何だ、びっくりさせるなよ！　押すとこだった」

「怒りっぽいなあもう」

「やかましい、生きて孫に会いたきゃこっから先は余計な手も口も出すな」

「うわっ脅迫されたよ……」

「ひどい」

「コンプライアンス室行きだよ」

「あんたコンプライアンスの嘱託だろう」

「あ、そうでした」

「黙れっつってんだろうが‼」

「ほ、本番一分前ー……」

　卓に座ってインカムをつける。モニターには、セットにスタンバイする演者と深が映っている。カウントはあっという間に減っていく。背後でじりじり何かが焦《こ》げている気がする。見えないことは手の打ちようがない。どんなに目を皿にしてチェックを重ね、本番を迎えても、誰かが意図的に壊そうとすれば栄は止められない。

　もし、また何かが起こったら？　夕方ニュースよりずっと数字も注目度も高いこの番組で、致命的な事故を起こしてしまったら？

　また最終的には設楽のせいで、どんな責任を取らされるのか、栄はいっさい関わりすら持てないままで。十一年前の、あの瞬間の凍りついた沈黙を思い出すだけで息が白くなりそうだった。睦人《むつと》の底抜けに黒かった瞳と。落ち着け、自分に言い聞かせる。睦人はもういない、あの日とは何もかも違う、もうあんなことは起こらない――……そんなの、誰に分かる？

あんなふうに夕方ニュースが終わること、「ゴーゴーダッシュ」が終わること、栄は想像もしていなくてなす術《すべ》もなくて、だから、今夜また目の前で何かが終わったってちっともおかしくない。数十人のスタッフが「オンエアを成功させる」という意思を確実に抱いてここにいるとは誰にも言い切れない。

あんたは怖くねえのか。毎日、どうやって信じてるんだ。指先は神経質に卓の端っこをたたいている。それがふるえだと分かってても止められない。

「本番三十秒前」

隣にいるTKに、カウント止めろ、と口走りかけて奥歯を噛み締めた。時間は止まりも戻りもしないと、いやというほど思い知らされてきたくせに、現実逃避に傾く弱さに腹を立てたその時、インカムから聞こえた。

『えー、皆さん、よろしくお願いしまーす』

スタジオにいる、設楽だ。このオンエアがうまくいくと何ひとつ疑っていない声だった。Vはまだ揃いきっていないし、先生がどうこなせるか未知数だし、落ちてもおかしくない穴は現時点でたくさんあるというのに、何で怖がってねえんだ。拳《こぶし》をぎゅっと握ると汗ばんでいた。

姿の見えない設楽は実に軽い口調で言う。

『きょう、何かあったら相馬Pのせいってことで、もし恨みを抱いてる人がいたらチャンスです』

「何だとてめえ」

自然に悪態《あくたい》が出た。副調整室にくすくすと笑いが起こる。どうしよっかなー、と冗談めかした声も。ふっと指がほどけ、卓のあるべきポジションで自然に構える。自分のせいにされて気が楽になるなんて我ながらおかしな話だ。でも栄は、蛇《へび》のように巻きついた悪いイメージが抜《ぬ》け殻《がら》も残さず剝がれ落ちていったのを感じた。本当に何かあった時「きょうに限っては責任者は俺なんで」と主張したところで通用するわけがないのは承知だ。それでも、口約束ですらない嘘に救われてここにいる。

「十秒前、九、八、七、六、五秒前、四、三、二、一――ドン」

「タイトル、V5、スタート」

OPのCGアニメーションがスタンバイしたモニターを指して始まりを告げる。さあ、もう引き返せない。

「タイトルから降りは1カメ、国江田バスト、あいさつ」

――こんばんは、「ザ・ニュース」の時間です。本日のゲストはM大学経済学部教授の……。

「1カメズームアウトの準備、上手《かみて》にゆっくりパン」

先生の初《しょ》っぱなのごあいさつもレクチャーの甲斐《かい》あって問題なくできた。

――それでは、きょうはこちらのニュースから。先週の台風二十号は列島に深刻な被害をもたらしました。

「2カメロング、帯テロップ上げろ、V1、スタート」

VTRと国江田の流暢《りゅうちょう》な読みが流れると、途端に先生が腑《ふ》抜けた顔になったのでインカム越しに「深」と怒る。

「ワイプで映るんだからちゃんと顔つくれって言え！　自分の分野じゃないからってぼけっとさせるな！」

『はい、すみません』

深が素早くテーブルに近づいてプロンプを見せると、慌てて表情筋を引き締めていた。

「よし、そのままワイプ入れるぞ、位置はテロップ下」

画面にちいさな窓ができて、そこに皆川の顔が映る。こうしてVTR中にも休めないワイプの手法はバラエティから始まって今やニュースでもおなじみだが、コースター程度のサイズでも皆川は出ているだけで目を引く、と認めざるを得ない。ちょっと前まで、性格の軽さがカメラ越しにも分かってしまうと思っていたのだが、それなりの成長は遂げているらしい。

「V明け、二十秒前」

「よし、モニター内インサート、V2流して待機、V明けは3カメでモニターの寄りから――

おい3カメ、モニターつってんだろ、勝手にロングで待ってんじゃねえ！　どうせ錦戸のじじいだろ！」

『こっちのほうがかっこいいだろ』

案の定、錦戸がインカムで言い返してくる。

『そんで、ディゾって降りようぜ』

ディゾルブ、いわゆるオーバーラップの操作を副調整室で行うと、Vからスタジオにぼんやり移行して情緒のあるカットができる。悪くはない、がディレクションの権限《けんげん》はこちらにあり、カメラマンからそんな命令をされるいわれはない。

「差し出がましいこと言ってんじゃねえよ、黙って言うとおりにしろ」

『やだね』

「おいくそじじい」

『何だよクソガキ』

「VTR、もうすぐ明けますよ！」

「あー、じゃあ2でフォローしろ、モニター」

『……いや、錦戸さん邪魔で動けないっす。ここからだと角度がちょっと』

「もういい、3で降りる」

言われるままにディゾルブも採用して、まあ、いい画にはなったが、オンエアにおける指示系統を無視すんじゃねえよと思う。

「おい一日AD、今度じじいが俺に逆らったらカメラケーブルで縛《しば》ってでも止めろ」

無茶言うなよ、と設楽が答えた。

『カメラマンの腕力半端《はんぱ》ないんだから、返り討ちに遭っちゃう』

「あー使えねえな!」

項目の構成は、被害のまとめとコメントの後、義捐金《ぎえんきん》の告知という予定だった。

「義捐金の電話番号のテロップスタンバイ、告知入ったら国江田のワンショット……違う、そのサイズじゃねえ、テロップが下に入ること考えろ、もっと引け……よし、告知入る」

若干一名が反抗的なほかは、上々の滑《すべ》り出しだった。栄のエンジンも徐々に暖まってきて、オンエアの勘を取り戻そうとしていた。それは具体的な方法論ではなく、リアルタイムを面白がる、という感覚だ。いつ何かがあるかもしれない、そのテンションを放送中も保つこと。走れ。考えるより先に走れ。待ったら怖くなる、だから攻めろ。一分一秒先に向かって。迷いも悩みも後悔も、今ここにおいてはぜいたくな行為だ。そんな暇はない。


二項目めの本記Vが流れている最中「何か」は起こった。モニターに年金関連のデータを用意するはずだったので、栄は「CGスタンバイ」と指示したが、モニターは真っ白なまま、作成したCGが一向に表示されない。

「おい、CGは？」

「出ません！」

オペレーターが焦った声で答える。

「出ないってどういうことだ」

「分かりません……たぶん、送出《そうしゅつ》のサーバーが不具合起こしてるんだと思います」

機械に頼る比重が大きくなればトラブルのリスクも比例する。大切なのは、人間がどう対処するか、だ。

「再起動にかかる時間は？」

「三分ぐらいです」

ＶＴＲ明けにはぎりぎり間に合う、が、再起動で解決されるという保証はない。

『システム部の経験者がいつもならいてくれるんだけど、局員だからね』

本日はストでお休み、というわけか。このままCGが出せなかったらどうする？　もちろん口頭だけで説明してもらうのは不可能じゃないが、ただでさえ堅いテーマなのに、込み入った数字をあれこれ言われても嚙み砕けないだろう。この時間で打てる最善手は何だ。設楽に「考えろ」と投げればおそらく何らかの答えは返ってくる。でもそれは設楽の回答例であって、相馬栄の選択とは違う。

「モニター、ハケろ、急げ」

栄は命じた。

「ハケてる間に再起動試しとけ、そんでスタジオには、どっかからホワイトボード持ってきて入れろ！　じじい、動け！」

「え、俺たち？」

「今ここでいちばん自由に動けんのはお前らだろうが！　さっさとしろ！」

『ホワイトボードで何しはるんですか』

深も相当焦った声で尋ねる。

「CGの内容、国江田は覚えてるだろ、適宜《てきぎ》省略してもいいからペンで書かせろ。却って臨場感出ていいかもしんねえし」

『えっ……』

副調整室も、インカムでつながったスタジオもびっくりしていた——おそらく、設楽以外は。

「ぐずぐずすんな、深、早く国江田に伝えろ！」

VTRはちょうど日銀総裁の会見のくだり、原稿読みがないタイミングは今だけだ。深が慌てて口頭《こうとう》で伝えると、さして動揺したようすもなく国江田はしっかり頷いた。よし、これならいける、栄は確信した。残りの問題はホワイトボードが無事に届くか。

「V明け、二十秒前」

「ボードまだか?」

『まだです!』

「最悪、スケッチブックだな。深、お前の使うから、いざとなったらペンごと渡せ」

『はい』

「十秒前」

『あ、今来ました! このタイミングやと入れ込むとこ見切れますけど、しゃあないですよね?』

「いや、皆川立たせろ、皆川が持ってくる演出にする。4、スタジオ全体のロングで待ってろ! もっとぐーっと引け」

V明けとともにスタジオの画に移ると、ちょうど皆川ががらがらとキャスターを引いてボードを運んでくる場面だった。国江田同様、突然の展開にも戸惑いを見せない。

「はー……」

「ぎりぎりセーフ」

副調整室にひとまず安堵の空気が広がる。

——あ、皆川さん、ありがとうございます。きょうは大学の先生をお呼びしているので、ゼミの講座を聴くようなテイストでお送りしますね。では先生もこちらにどうぞ。

臨機応変に動けない先生を、自然にボード横に誘導した。うまい。急きょの小道具を搬入《はんにゅう》したじいさんたちがぜいぜい言いながら副調整室に戻ってくる。

「はあ、本気で死ぬかと思った……死んだ嫁の幻が見えた」

「こんな肉体労働させられるなんて聞いてないぞ」

「くたばるなら家に帰ってからにしろ」

栄は冷淡に言った。

「鬼！」

国江田は迷いのない手つきで年金受給モデルの金額を書き込んでいく。

――で、受給年齢を後ろ倒しにすると、このように月々入ってくるお金は大幅に増えるんですが、その間のつなぎになる資金が必要だということですよね？　あ、先生、赤ペンでどうぞ。

――あ、はい。

国江田・皆川はともかく、急に予定変更を言われた先生は、せっかくカメラに慣れ始めていたのに、またがちがちになっていた。

――えー、まず確定拠出《きょしゅつ》年金ですが……。

赤マーカーで書き込むと、本格的にしゃべり出す前に、皆川の笑い声が上がった。

――先生の字、ものすごくかわいいですね。

隣のＴＫが吹き出した。

「分かる……」

確かに容貌《ようぼう》とミスマッチで、昭和の女子中高生（それも一九八〇年代）みたいな、一周回って新しいと言われそうな丸っこい筆跡だった。

——えっ。

——そうですね、かわいいですね。

皆川の茶々を国江田も拾う。

——あ、いや、お恥ずかしい……。

——いえ、いいと思います、こういうギャップも。

「3カメ、ズーム」と栄は指示する。

「先生の照れ顔アップで」

誰得、とまた笑いが起こった。皆川が割り込んだのは正しい。TKがすぐ「分かる」と反応したということは、多くの視聴者も「話し手と字が合ってない」と感じていたに違いないのだから、その違和感に触れるのは大事だ。もちろん、敢えて言及せずスルーしたほうがいい場合もあるが、このネタ、このタイミングなら、とゲストを「イジっておいしくする」ルートをやつは瞬時に選択した。この反射神経は場数だけで身につくものでもない。

ネタにされたことでスタジオの空気も和《なご》み、すると先生もリラックスしたのか開き直ったのか、そこからは饒舌《じょうぜつ》に解説を進めた。もちろん、最初に注意したような一方通行のトークではなく、ちゃんと会話が成立している。話す技術とはすなわち聞く技術で、まだまだ拙《つたな》いながらも、あの短時間に修正できたのなら、ご老体のレクチャーがよかったのかもしれない。

——続いて、NISAについてですが——ここを回したらいいんですかね？

先生がホワイトボードをくるりと上下回転させる。当然、そこもまっさらな状態だと思っていたのだろうし、こちらも同じだった。

——あれ？

しかし裏面には、乱雑な字で「チャーシュー　みそ　しょうゆ」という文字と、「正」のカウントが残されていた。

「ちゃんと消しとけよ!!」

栄が振り返って怒鳴ると、じいさんは「だって早くしろって言うから！」と反論した。

——失礼しました。

その間にもスタジオでは、国江田がやんわりとした苦笑を浮かべつつクリーナーで板面を拭《ぬぐ》っていた。

——スタッフの、夕食出前リストが流出してしまいました。

——トップシークレットですね。

皆川が重々しく頷く。

——ああ、ちょうどいい、じゃあラーメンを例にとってお話ししましょうか。月にラーメン一杯、八〇〇円ぐらいですかね？　我慢して積み立てたとすると……。

「おう、アドリブが入ったぞ」

「すごいなあ」

「けがの功名《こうみょう》だな」

「ということは俺たちのおかげじゃないか?」

「後ろ、黙ってろ――深」

『はい』

「尺気にすんな、とりまいけるとこまでしゃべらせるから、多少押しても巻きはそんなに出さなくていい」

『分かりました』

今の、事故か、まあ事故だな。経済の話の途中で出前の集計出たらな。ほんと、トラブルばっかだよきょうは。でも栄は、笑いそうになっている。きっとここにいる誰よりも。


――以上、本日のニュースをまとめてお伝えしました。CMの後はお天気です。

二分半のCMに入る。後は天気三分とスポーツ二十分、合間にCM二回、でエンディング。まだまだ気を抜けないが、半分を過ぎ、おそらくヤマ場は越えた。

「V、残り全部届いてるな?」

「オッケーです」

「テロップは?」

「きてます。順番も問題ありません」

確認の最中、携帯の着信音が響いた。

「もしもし、じいじだよ! どうしたんだい?」

「何出てんだよ!」

「いいじゃないか、CM中なんだから……ああ、何でもないよ、大丈夫だ。じいじはとってもえらいんだもの、怒られたりするわけがないだろう?」

「見栄張ってんじゃねーぞ!」

「しっ! ……え、飛行機が? そりゃあ大変だったね、怖かったろう? けがしなかったのかい? うん、うん……また写真を送ってね。ん? 彼氏と写ってるのはいらないよ? じゃあね」

「……おい、ちょっと待て」

「え、がみがみ言うからもう切っちゃったよ」

「今飛行機がどうとかって、何の話だ?」

「神戸空港に着陸した後、機体トラブルで誘導路《ゆうどうろ》から動けなくなったんだと。今、移動用のバスを待ってるらしい」

「それを早く言え！」

栄は立ち上がった。

「航空会社は？」

「知らんよ」

「今くっちゃべってたスマホですぐ調べろ」

「調べてどうするんだ？」

「ニュースに突っ込むに決まってんだろ」

栄はいらいらと答えた。

「重大インシデントの可能性がある」

「でも、神戸空港じゃ駐在がいませんよ」

副調整室内で異論が上がる。羽田、成田、関空といった主要空港には常駐の記者やカメラマンがいて、何かあったらすぐ情報が入ってくるが、神戸空港の規模でそれは望めない。

「速報的に情報だけテロップで入れるってことですか？」

「画はマストだ。お天気《天》カメラ《カメ》があるだろ」

「いや、うちは設置してませんよ？」

「んなこた分かってる！」

もうＣＭが明けるので、悠長に説明している暇はない。栄はインカムで「錦戸のじじい、ちょっと来い」と言った。

『本番中だぞ』

「いいから。ほかのカメラ、カバーしとけ」

おめえが来いよ、とぶつぶつ言いながら錦戸が入ってくると、すぐさま「関西旭に電話しろ」と指示を出す。

「2カメ、ウェザーモニター押さえろ、次は週間天気出すぞ」

もちろん、進行中のお天気コーナーもおろそかにできない。

「は？　何だって？」

「神戸空港で飛行機トラブル。関西旭の報道カメラにあんたなら話通せるだろ。天カメ撮りたい、誰でもいいからそっちで副調整室開けて天カメ動かすよう言え。そしたらこっちで回線掴んで画を流せる」

天カメが東京にないなら、あるところで撮らせて遠隔操作《えんかくそうさ》すればいい。

「なるほど」

さすがに錦戸は理解が早く、すぐ携帯を取り出して電話を掛けた。

「おう、俺だ。今、局にいるか？　泊まり？　そりゃちょうどいい。ちょっと頼みがあんだけどよ」

こっちは何とかなりそうだ。幸先《さいさき》よく「航空会社、分かったぞ」と報告もあった。

「フィンチ・エアの721便」

「LCCだな。過去にも何かトラブル起こしてないか引き続き調べろ——それから」

栄は老人会のひとりに目をつけた。

「おい、旭トラベル顧問」

「えっ、なに?」

「何じゃねえ、フィンチ・エアの社長でも広報でもいいから電話かけまくってウラ取れ。つてがないとは言わせねえ」

「えー……正直に教えてくれるかなあ」

こちらも渋々ではあるがウラ取りに動いたので、深にインカムで呼びかける。

「速報突っ込むかもしれねえから心の準備しとくよう国江田に言っとけ。神戸空港着陸の飛行機にトラブル、今んとこ被害はなし」

『いつ頃になりそうですか?』

「分からねえ、今情報収集中だ。もしかすると間に合わない可能性もあるが、入ればエンディングでも言わせる」

『はい』

「手空《あ》いてるじじいはテロップの発注、神戸空港LIVEと速報の帯テロップ、文言は『フィンチ・エア神戸空港で機体トラブル』、それから、さっきの孫娘のネームだ。電話で国江田と話させるかもしれねえ。乗客のナマの声が聞きたい」

「えっ、うちのありすちゃん、テレビに出していいの?」

「えー、ずるいなあ」

「電話つってんだろ」

これでひととおりの段取りはすんだ。あとは整うのを待つだけだ。

「天カメ、つながったぞ。R7で摑め。あの機体か? 何かいろいろ車が集まってんな」

「おーい、役員から言質《げんち》取れた。右主脚《しゅきゃく》損傷、原因はまだ不明。部品落下の可能性があって滑走路は閉鎖中だが、最終便で運航に影響はなし」

「フィンチ・エア、五月には前輪タイヤがパンクして重大インシデントに認定されてる」

「テロップできた。電話インタビュー、いつでもいけるからな、これ、スピーカーホンにしてスタジオに入れればいいのか?」

手元の適当な紙の裏に集約された情報を書き殴ると「携帯と一緒に国江田に渡せ」と押しつけて「速報入れるぞ!」と宣言した。

「カメラ、国江田の準備できたらすぐ寄れ!」

――ここで、速報が入りました。先ほど、神戸空港に到着した羽田空港発のフィンチ・エア721便で機体トラブルがあり、着陸後に誘導路から動けなくなったということです。

「R7、天カメ!」

……こちら、現在の神戸空港のようすです。画面中央に見えるのが問題の721便ですね。周囲には車や人が集まって何やらものものしい雰囲気です。

「天カメ、ズーム」

栄の指示を錦戸が電話で中継して「ズーム頼むわ、ゆっくりな」と言うと、それはリアルタイムで放送に反映される。

――フィンチ・エアの関係者によりますと、何らかの理由で右の主脚が損傷したとのことですが、詳しい原因などは分かっていません。ここで、721便に乗っていた方と電話がつながっています。

「よし、国江田のマイク上げろ、電話の音拾えるように」

着陸する時は、ちょっと衝撃がありました、いつまで経ってもゲートに行かないので何でだろうって話してたら機内アナウンスが流れて……短いやり取りの後、国江田が「ありがとうございました」と引き取り、再びカメラ正面に向き直る。

――フィンチ・エアでは五月にも前輪がパンクするという事故が起こっています。安全管理体制が問われることになりそうですね――では、その他のスポーツニュースをまとめて、皆川さんから。

スポーツのフラッシュニュースを消化すると、株と為替《かわせ》の情報を伝えてエンディングだ。

――「ザ・ニュース」、きょうはここでお別れです。この後午後十時から、サッカー日本代表の試合をご覧のチャンネルで生中継、どうぞお見逃しなく。

画面がサッカーの告知CMに変わると、副調整室のあちこちから「やったー！」と声が上がり、なぜかハイタッチも行われた。インカムを外して立ち上がった途端、錦戸に背中をばしっと叩かれる。

「おめえも相変わらずだな」

「いってえよくそじじい」

「リリーフのくせしてよくあんな無茶すると思ったよ、一歩間違えりゃ不体裁《ふていさい》、悪けりゃ事故ってたぞ」

「今起こってることに食いつかねえならニュース番組名乗る資格ねえだろ」

不敵に笑った錦戸にもう一発お見舞いされた。いてえっつの。

反省すべきところはないので反省会などに出るつもりはなく、副調整室を後にしてエレベーターに乗ろうとすると、エレベーターホールで深に追いつかれる。

「相馬さん！」

「何だよ」

「あの……きょうの俺のフロア、どうでした？」

息を切らせながら尋ねる深に、すこし面食らった。仕事への採点を求める性格ではなかった。もっと臆病で、いいことも悪いことも言わないでほしいというタイプだったのに、深も変わったのだろう。そのことに栄は、なぜかほっとしている。

「ちょいちょい、あからさまにテンパってただろ」

「はい」

「もっとどっしり構えてろ、スタジオに焦りが伝染《うつ》る」

ハプニング続きだったから仕方ない、むしろあれこれと飛んでくる指示をよく短い時間で的確に処理・伝達したものだと思う。しかし駄目出しだけされても深はちっとも落胆したふうではなく、むしろ嬉しそうに見えた。

「はいっ」

そしてエレベーターに栄が乗り込むと「お疲れさまでした!」と扉が閉まりきるまで頭を深々下げていた。

消灯した社員食堂を抜けてテラスに出る。植え込みを縫《ぬ》う遊歩道の奥のベンチに腰を下ろすと、スーツのポケットから煙草とライターを取り出し、火をつけた。夜風にひやりとこめかみを撫でられ、汗がにじんでいるのに気づく。始まる前の冷や汗と違って、悪くない。思いきり息を吸って吐き出すと煙のくゆる光景には心が落ち着くのだが、煙草自体は何だかうまくない。入院中、喫煙所で話しかけられるのがうっとうしくて吸わなかったせいか、最近はずっとこうだ。

禁煙しなさいよ、という言葉を気にしているわけでもないのに、結果的に何もかもあの男の思いどおりになっているようで癪《しゃく》だ。わざと旺盛《おうせい》にふかしているとあっという間に短くなって挟んだ指に迫ろうとするので地面で揉《も》み消す。二本目をどうしようか迷っている最中、むかつく男が現れた。

「お疲れ、栄」

「疲れてるとこにあんたの顔見たくねえよ」

「さすがのお前もやっぱり疲れた？　よかった、人の子なんだな」

「うるせえ、反省会なんか行かねえからな」

「別にいいよ。ほんとに感謝してる、ありがとう。お前じゃなきゃ、あんなに見事にやりきれなかったと思う」

「じじいレンジャーも労《ねぎら》ってやれよ」

「もちろん、大先輩方のお力添えは大きかったね。予想外に役に立ってくれた」

「だろうな」

「ん？」

「こき使うのが目的じゃなかったんだろ」

「んん？」

「とぼけんなよ、俺は『合格』か？」

設楽は黙って肩をすくめた。何のことやら、というポーズ。でも騙《だま》されない。

「あのじじいどもは俺の監視、というか値踏み役。いい機会だから審査させて、合格したら何かおねだりするつもりだったんじゃねえのか」

コンテンツ事業部で「しばらくのんびりしたらいいんじゃないか」と設楽は言った。まるで、期限を区切る権限が自分にあるように、のんびりしていられない部署に戻る前提があるように。それから、「すこし休んだら、また新しく楽しいことを探そう」という誘い文句。

「窓際だ負け犬だってぼろくそにけなしてたくせに?」

「寄り集まりゃ、人事にくちばし突っ込む程度の発言力はあんだろ。上の連中に不都合なネタ握ってたっておかしくねえしな」

すでに定年後、干される先もない、というのはある意味最強のカードかもしれない。

「ま、全部お前の憶測だよね」

「錦戸のじじいは純粋な戦力だから別として、あんたがわざわざ連れてくるからには明確な意味と目的があるって考えるのが当然だよ」

「――だそうですよ」

設楽が振り向くと木立の陰からわらわら年寄りがわいてくる。

「さっきから何ちゅう言いぐさだ」

「さんざん人をこき使っておいて! 老人虐待《ぎゃくたい》だぞ」

「まあまあ」

「設楽、お前がそうやって甘やかすから……」

「それよりどうでした？　本日限定の放送は。Pとして方針立てながらオンエアの作業するって、なかなかの離れ業《わざ》で見応えあったでしょう」

見世物じゃねえよ。

「いやあ、自分らの若い頃を思い出すよねえ」

「ねえ」

しみじみと記憶に浸《ひた》る老人たちに栄は「ふざけんな」と悪態をついた。

「侮辱罪《ぶじょくざい》で訴えるぞ」

「どういう意味だっ……まあ、何というか、いい業《ごう》を見せてもらったよ」

「昔は俺たちもがつがつしてたもんな」

「あの頃は何しろ予算がじゃぶじゃぶあったもんねえ」

「そう、適当な企画書で通った泊まりロケ」

「さして必然性のない海外取材」

「とにかく爆発させとけって派手に使った火薬」

「手裏剣《しゅりけん》みたいに飲み屋でばらまいたタクシーチケット」

本気で腹が立ってきて、吸い殻を投げつける。

「何の卒業式だよ！　人生か？　とっとと旅立て」

「そういう発言、我々にとっては冗談じゃないんだよっ……何が言いたいかっていうと、そんな時代はとうに終わって、もう一度って夢も見られないってことだ。ネットに押されて、テレビなんかとっくにオールドメディアだろう」

「それでも俺たち、テレビマンだからな。きょうみたいなプロのオンエアは本当に楽しかった。生まれる時代が遅くてちょっともったいないが、テレビがささやかにあがいてるとこ、また見せてくれよ」

「あんたらがくたばる前に？」

「だから縁起《えんぎ》でもないというのに……」

憎まれ口に、じいさんどもはしわくちゃの顔をいっそうくしゃっと圧縮させて笑った。死んだ祖父を思い出した。祖父が笑うところなど、ほとんど見た記憶がない。なぜ金にならない映画館をひっそり続けていたのか、栄をどう思っていたのか、どんな映画が好きだったのか、何ひとつ話さないまま死に別れたのが惜しいような気持ちになったが、後悔などさせられたくないから、いら立ちをよそにぶつけた。

「じじい、とっとと失せろ」

「な、何だよ、いい場面だったのに……」

「錯覚だ」

「感情の波が激しすぎるんじゃないか？」

「まだ人格が未熟でして、僕のほうからがつんと言っておきますので」と設楽がまたむかつく言い回しでとりなした。

「本当だな？」

「もちろんです」

「お前、時々びっくりするほど平気で嘘つくからなあ」

「誰かとお間違えですよ」

そうして、栄と設楽だけが残った。

「……がつんと？　言ってくれんの？」

「強《し》いて言うなら『ちゃりん』かな」

「は？　金？」

本日のギャラ、なんてありえないし、本気で言ったわけではないが、設楽は黙ってズボンのポケットに手を突っ込んだ。

「ほら」

金属の音を立ててそこから手のひらに投げ寄こされたのは、車のキーだった。

「車はいらねえわ別に」

現金のほうがいい。

「貢《みつ》ぎものじゃないよ、Ｂ１のパーキングに停めてあるから中で待ってて。仕事片づけたらすぐ行く」

車種とナンバーを指定されたが、意味が分からない。

「何で」

「後で話す。その時に携帯も返してやるし」

「携帯？　……あ」

打ち合わせの時調べものに使って、その後机に置きっ放しだったことに気づいた。オンエアに必死で、完全に失念していた。

「ふざけんな、さっさと返せ」

「だから、車で待ってろって」

じゃあもういらねえよとまた新しく買い直す、という選択肢が頭をよぎったが、どう考えてもそのほうがバカバカしい。そこまで突っかかる理由もないのに――そうだ、栄が感じていたわだかまり（らしきもの）は解消されて、別にもう意地を張らなくていい。だからあれこれ言い訳をしながらもきょうの要請を引き受けた。

この先、こいつとどういうふうに接していくんだろう、と改めて思う。昔みたいな距離感に戻るのも違う気がするし。若手のヒラと上司、という間柄には戻れない。

そもそも、何で俺はあいつを気に入らなくなったんだっけ。ひとけのない地下駐車場の車内は深閑《しんかん》として、考えごとにちょうどよかった。助手席のリクライニングをめいっぱい倒して天井を眺める。あいつが、何もかもひとりで背負って、へらへら貧乏くじ引いてたから、本音を言わないから……そんなのは本人の勝手、ではある。代わりに栄が地方局に行かされていたら、と想像するとごめんだし。栄は人に指図されるのが大嫌いだが、設楽にだって自由にする権利がある。腹の底を隠したがる性格だって、他人がつべこべ言う問題じゃない。そもそも、昔はその気質を面白がってつるんでいたのだから。そして、対等になりたい、と強く望んでもいた。

あれ、何なんだろう、俺は。

びっしり装備していたはずのとげが、自問とともにはらはら落ちていきそうな気がした。無防備になってしまうのはいやだから、栄は必死に嫌いでいられる理由を探そうとする。

設楽といると、睦人を思い出すから。

自分で掘り当てた地中の石に指がぶつかって痛い。設楽が悪いんじゃない。睦人を恨んでもいない。でもどこかで元気に生きていてくれなんて祈る柄でもない。吐き出すことも飲み込むこともできない未消化の思い出が、今も確かに胸のどこかをふさいでいて、栄は苦しい。ふさがれたいと願ったくせに。

近すぎる天井がゆっくり下りてくるように思えて、両手で目を覆う。どのくらい経ったのか、運転席のロックが解除される音がした。

「お待たせ。寝てた?」

「いや」

「じゃあ行こうか」

リクライニングを戻すと、脚の上に携帯と缶入りのレモネードが置かれる。

「コーヒーだと眠れなくなるから」

「どこに行く気だよ」

「大丈夫、月曜の出勤には間に合うよ」

まる二日もあるじゃねえか。それでも、何の答えにも保証にもなっていない設楽の言葉を、深く追及しなかった。自分が乗ると決めて乗り込んだ以上、詮索する必要はない。ガラスは割れるものだし、車はいつか目的地に着くものだから。甘酸《あまず》っぱいレモネードをすりながら週末のバカ騒ぎを横目に六本木通りを抜け、首都高から東名高速に入ったあたりまでは覚えている。眠ろうとも起きていようとも意識していなかったが、自然に寝入っていた。

「栄」

揺り起こされて窓の外を見るとどこかのコインパーキングで、どこかがどこなのかは、車を降りた瞬間に分かった。見覚えのある、地元の景色。

「何で熱海なんだよ」

「見せたいものがあるんだ」

目的地の心当たりはひとつしかない。道のりは違うが、あの夜、栄がふたりを連れて行ったところへ、今度は設楽が先導する。海燕座の建物は、最後に見た時より心なしかこぎれいに感じられた。前は、褪《あ》せてくたびれた広告ばかり掲示されていた壁面に、「鈴木清順《すずきせいじゅん》ナイト」だの「昭和のアイドル映画大発掘」だの、まだつるつると新しいポスターが所狭しと並んでいるせいかもしれない。

「鍵、連絡して開けといてもらったから」

設楽がためらいなくガラス戸を押し開ける。階段の両サイドの壁には、やはり古くささのないチラシがあれこれ貼ってあった。映画の上映会だけでなく、寄席《よせ》や講演会も行われているようだ。

「地元の有志がNPO起《た》ち上げて、いろいろ企画してるんだよ」

と設楽が言った。

「古さが魅力だから、外観も内装もなるべく生かしつつあちこち補修や補強して……今、熱海もちょっとブームだろ？　昭和建築人気の相乗効果で遠くからもお客さんが来てるって。栄の家だったところはもう物置だから、残念ながら見せてやれないけど」

「別にいい」

納得して手放したのだし、そもそも「俺のもの」だなんて感覚ははなからなかった。あんなに侘《わび》しかったこの場所が、夜目にも息を吹き返して見えたのは、丁寧に手を掛けられたから、というのももちろんあるが、往時《おうじ》の「人が集まる場所」としての機能を取り戻したからだろう。建物自体が、役割を思い出した。祖父母が知ったら喜んだだろうか。栄が、もうちょっとまともにここへの愛着を育《はぐく》んでいたら、自分の仕事だったかもしれない。海燕座を守り、よみがえらせる生き方を選んだかもしれない――くだらない。仮定は、過去においても未来においても、何の役にも立たない。

「ご感想は？」

階段を上る設楽の背中に「ねえよ」と投げた。

「俺はどこまでも薄情な人間だって、そんくらいだな」

否定を期待したわけでもないのに設楽は足を止め「バカ言うなよ」とたしなめた。

「そんなはずない」

ロビーのソファは新調され（それでも、映画館と調和するレトロなデザイン）、自販機もなくなっている。壁掛け時計は昔のままだった。

「どうぞ」

場内に入っても、もう、記憶より広い狭いという感覚さえ失っていたが、かびくさいこもったにおいがないのは確かだ。変わったな、と哀愁はないがはっきり思う。栄が育ち、入り浸《びた》った海燕座はもうどこにもない。でもそれでいい、ここは栄の居場所じゃないから。

好きなとこ座って、と言い残して設楽は映写室に向かう。

「おい、あんたやり方分かんのかよ」

「プロジェクターセットしてＤＶＤ流すだけだから大丈夫」

栄は最前列の真ん中に座った。シートもそっくり取り替えられたらしく、肘掛《ひじか》けが持ち上がるし、シートピッチや座り心地もだいぶ改善されている。照明がふっと落ち、スクリーンには十秒前からのカウントダウンが映し出された。旭テレビで使っているおなじみのもの。てことは、あいつがつくったVか？　もしかして、例の、企画以前の段階で流れてしまった熱海ものかもしれない。それなら、わざわざここでお披露目《ひろめ》するのも合点《がてん》がいく。

もの好きだな、と背もたれに沿って後ろに傾いた栄の背中は、カウントが1を切って本編の映像に変わると、一瞬で前のめりになった。スクリーンの中にいるのは、睦人だった。十一年前の、最後に見たのと同じ、若い睦人がいた。どんなに忘れられないと思っている記憶より、たった一秒の画は鮮烈に頭をぶん殴ってくる。うろたえて立ち上がり、スクリーン前を横切って非常口から出ようとすると設楽が駆け寄ってきた。

「待て、栄」

「何だよこれは」

「俺が撮った、奥《おく》との会話」

「何で」

「記録しておけば、いつか栄に見せる日がくるって信じてた。あいつが何を考えてどんなふうに生きてきたのか……今なら大丈夫だと思ったし、今しかないとも思った」

「見たくねえ」

スクリーンにいびつな影絵が揺れている。その影の下で睦人が話している。睦人の声だ。目から耳から記憶を呼び覚まされ、引き戻されてしまう。あの日の、どうしたって取り返しのつかない気持ちまで引きずり出されてしまう。

「いやだ」

「栄」

設楽は栄の両頬を挟んで逃げられないように視線を合わせた。

「大丈夫だから、ちゃんと見てくれ。お前に見せるために作ったんだ。お前ほどじょうずじゃないけど——頼むよ。怖くない、もし耐えられなかったら途中で出たっていいから、すこしでも見てくれ」

いつもの人を食った鷹揚《おうよう》でも、怒った時の激しさでも、一度だけ寝た時の熱っぽさでもない。まだ出会ったことのない、懸命な設楽だった。

栄が黙って身体の力を抜くと、設楽は手を引いて客席に戻した。睦人は笑っている。どんな導入部だったのか頭に入っていないのだが、巻き戻すつもりはなさそうだった。たぶんどこかの家の中、テーブルについた睦人が話し、設楽はその向かい、フレームアウトしたカメラの手前にいるのだろう。テロップもSEもない、いわゆる「シロ素材」の状態で、だから睦人の表情の変化や言葉が際立つ。テレビとは、なんと過剰な装飾でいろんな情報を殺してしまっているのだろう。伝わりやすさを大前提にしているはずなのに。

——ご両親のこと、訊いてもいい？

設楽が尋ねる。

——んー……俺がちっさい頃から、あんま仲はよくなかったですね。なのに、間違えちゃったのか関係修復にかすがいを求めたのか、十歳下の弟が生まれてきて……俺は嬉しかったですよ。でも結局、弟が小学校に上がるタイミングで離婚しちゃった。

ほら、と睦人はテーブルの隅からアルバムを引き寄せて開いた。桜の下、「入学式」と書かれた大きな看板の横で、まだ少年の面影を残した睦人が、ランドセルを背負った子どもと手をつないで立っている。看板を挟んで反対側には、スーツ姿の母親。

——妙に緊張感あるね。

——分かります？

確かに、満面の笑みの弟と対照的に、睦人の笑顔はどこかぎこちなく、母親の微笑ははっきりと硬かった。

——母親は、俺のことあんま好きじゃなかったんですよね。不仲の原因が父親の浮気で、俺は父親似だったもんで。でも弟はそんなの分からないからお兄ちゃん子で、俺も弟がかわいかったし、家に帰ってこない父親より、いつもぴりぴりして過保護な母親より、兄貴といるのが楽だったんだと思います。離婚する時、弟は泣いて泣いて……俺が引き取るって言えたらよかったんですけど、まだ学生だったし、母親から弟を取り上げるのもかわいそうで。だから、しよっちゅう会いに行ってました。

映像は、クリスマスカードや手紙の束、拙《つたな》い似顔絵に変わる。

――母親にやな顔されつつ、小学校低学年のうちは毎週、もうちょっと大きくなったら隔《かく》週《しゅう》とか月イチ……父親ですか？　すぐに新しい彼女と同棲してました。

――弟さんがいじめられてるって気づかなかった？

設楽の口調は穏やかで、責める色はみじんもなかったが、その問いで物理的に殴られでもしたように顔をゆがめる睦人が大写しになると、栄の心臓もねじり上げられて痛んだ。

――ほんとに、知らなかったです。会う時は普通でしたし、友達の話とか振ったら反応は悪かったけど、まあ、思春期だし恥ずかしいのかなって……。何度も何度も、最後に会った時の弟をリピートするんです。本当におかしなところはなかったのか、俺が見逃したサインがあったんじゃないのか、服の袖《そで》や襟《えり》からあざが覗いたりしてなかったか。人間って不便ですね、Vならいくらでもチェックできるのに、記憶はそうもいかなくて、こんなに思い出せば思い出すほど却ってあやふやになっていって、もう何が確かなことだったのか分からない。

カットが変わり、さっきまでと違う服装の睦人が映る。髪もすこし伸びているから、日を改めて撮ったのだろう。寒いね、最近どうすか、俺は早起きして散歩するのが習慣になりましたよ――そんな雑談が和《なご》やかに行われ、それは昔の、仲がよかったふたりと何も変わらない雰囲気だった。

設楽が、また切り出す。

——弟さんが亡くなってからの、お母さんのようすは？

——もう半狂乱です。半じゃすまないな。あっちの親御さんも完全に逆ギレっていうか、終始うちの子がいじめなんかするはずないだろう、金が目当てかって態度だったんで、精神やられちゃって。仕事中でも真夜中でお構いなく電話掛けてきて、出ないと責めるんです。ほら、あなたがそんなふうにつめたいからあの子は何も言えずに死んだんだって。その後はもう、あの子だけ死んで、顔も名前も晒《さら》されて離婚したことまで掘り返されて、なのにどうして殺した人間がこれからも平気な顔で生きていけるのって繰り返すばっかりです。世の中のほうがおかしい、そう思うでしょう、償《つぐな》わせないといけないって思うでしょう……。

——だからテレビを利用して相手も晒した？

直撃インタビューの仕事なら、栄も何度かやった。あからさまに無理筋の主張を押し通そうとする政治家や、事件の重要参考人の矛盾《むじゅん》を突いて慌てさせるのは得意だったし、向こうが怒ったりうろたえたりすれば撮れ高としておいしいので楽しかった。でも、よく見知った相手にこんな質問をできる気がしない。睦人の苦しげな表情から顔を背《そむ》けたくてたまらない。

——いいえ、俺がやったことは、俺が悪い。母親と距離を取って、ひとりとひとりで苦しまなきゃいけなかったのに、結局あの人に寄りかかられることに寄りかかってました。自分より傷ついて壊れていく人間を見ていることで自分を保ってた……助けて、って誰かに言わなきゃいけなかったのに、憎悪を溜め込んで煮詰める道を選んだ。その結果があれです。

また、カットが変わる。近況報告からの、事件に関する短いやりとり、というパターンで対話は進んだ。いつも室内のテーブルでカメラは固定されていたが、それでも四季が移ろい、睦人の時間が流れていくのは分かった。カーテンや部屋のインテリアも変化していたが、ある時から部屋そのものが変わった。広さと奥行きが増し、引っ越したのだと分かる。そして、睦人の肩越しに見えるリビングにはベビーベッドやぬいぐるみが置かれていた。

——奥さん、まだ里帰り中だったっけ？

——はい。来月には帰ってきますけど。

——楽しみだね。

——はい。

幼くはにかんだ、栄が知らない笑顔とともに頷く。

——名前、もう決めた？

——宗太《そうた》です。あの、設楽さんの名前から、一字勝手にいただいて……よかったですか？

——いいけど、プレッシャーだな。真っ当な大人にならないとって思っちゃう。

——設楽さんは、俺が知ってるどんな大人より真っ当ですよ。

——光栄だね。……お母さんには、会わせる？

——いいえ、せっかく小康《しょうこう》状態なんで、赤ん坊を見せたら逆に悪く転びそうで。弟が帰ってきたとか、弟の生まれ変わりだとかは俺も言われたくありませんし。主治医と相談しながら、決めていきます。

次のシーン、赤子を抱いている。腕の中のちいさな生き物はぐっすり眠っているのか、密《みっ》にまつげの生えたまぶたを閉じて身じろぎもしない。

――こんなこと言ったら、バカだなって思われるかもしれないんですけど、俺、考えなかったんです。

――何を？

――弟と同じか、それ以上に守りたくて大切なものを持ってる自分を。二十四歳の俺は、未来を想像できなかった。今手元にないもののために何かを思い留まるのは難しい――弟や、いじめた相手はもっとでしょうね。……実は、今でもＦａｃｅｂｏｏｋチェックしてるんですよ。やめられなくて。探せば見つかるもんですね。

――どんなこと書いてある？

――非公開なんで、そこは何とも。ヘッダーとかアイコンが変わるのを見てる限りじゃ元気そうですけどね。それは、今でも頭がくらくらするほど憎いです。

睦人の眼差しが、さっと雲に覆われたように翳《かげ》った。すると、今までおとなしかった赤ん坊がけたたましく泣き出して睦人は慌ててあやす。

――あー、ごめんごめん。泣くなー……悪い、ちょっとお願いしていい？

フレームの外から、女の腕が伸びて泣く子を引き取ると、泣き声は遠くなった。

——すいません、俺が黒い気持ちになると、伝わるみたいで。

——リトマス試験紙みたいだね。

——そうすね、ｐｈ《ペーハー》が酸性っていうか。

ちょっとだけ顔をほころばせて、また引き締める。

——なりすまし用のアカウント作って、友達申請するっていう行為に歯止めかけてくれてるのは、嫁と息子の存在だと思います。特に子どもは、前へ前へ進むんで、寝かせてごはん食べさせて、とにかくきょう一日こいつを生かさなきゃって必死になってる時は、過去を振り返る暇もない。

——いてくれてよかった？

——はい……俺が晒したやつも、いつか結婚して、子どもが生まれたりしたら、いろんな感情を味わえばいいと思います。この子に俺の過去がばれたらどうしようとか、子どもができて初めて、自分のやらかしたことの重さが分かったとか……そういう、俺と同じ恐怖や後悔を味わったらいいのに。でも、そういう考えはいつも、どうしたって弟は戻ってこないっていう現実とセットで。

終わりのない後悔って、もはや中毒ですよね、という言葉にどきりとした。

——傷口を掻《か》き壊すみたいにやめられない。痛くても、癒《い》えるほうが怖くて動けない。味のうすまらないガムを嚙み続けて虫歯だらけになってる。

――どうしてやめられないと思う？

――俺が弟に捧《ささ》げるいちばん強い感情が、もうそれしかないんです。

睦人は静かに答えた。いつの間にか、赤ん坊は泣き止《や》んでいる。

――楽しい思い出もたくさんあったはずなのに、楽しさを楽しさのまま保存しておけなくなった。もう、何もかも後悔に変わった。

今までのように単純なカットチェンジではなく、一瞬、スクリーンが暗転した。真っ暗の後で現れた睦人は、もう今の栄と変わらない年に見える。

――設楽さんて謎ですよね。

ためらいがちに口をひらく。

――何が？

――だって、あちこち異動してたし、そんな、何をしゃべるわけでもないのに、何度もわざわざ会いに来てくれて。

――気楽にしゃべれる相手って、大人になればなるほど貴重だろ？

――それは言えますね。でも、それだけじゃなく、仕事回してくれたり、いろんな保証人になってくれたり……だから俺、却って怖くて訊けなかった。設楽さんて、ほんとはあの時のこととか、俺のこととか、どう思ってるんですか。

テーブルの上で睦人の指が組み合わされ、爪が白くなるほど力がこもったのが分かる。審判を待つ痛々しさに、栄も肘掛けに置いた手を強張《こわば》らせた。もう終わった会話なのに、映画に感情移入する観客の気持ちで願った。

ひどいことを言わないでくれ、優しくしてやってくれ、俺はもう、奥が苦しむのを見たくない。

設楽の姿が見えないだけに、数秒の緊張はものすごかった。

設楽の声。

――許さない。

何でだよ、と隣に座る生身の設楽に摑みかかりたくなった。睦人の顔じゅうに拡がっていく落胆と諦め、それから自己嫌悪。

――お前、わざと栄が卓に座る日を選んだだろう。ちょうど、いじめ問題を取り上げるからってだけじゃなく。

――はい。

――そうすれば、却って栄に共犯の疑いがかからないっていう理屈は分かるよ、でもお前の理屈からは「栄がどんなに傷つくか」っていう、いちばん大事なことが抜け落ちてた。

暗く淀《よど》みかけた睦人の目がはっと見開かれる。

――ものすごく怒るだろう、俺を許さないだろうな、とは思ってました。それは、当然……。

――目の前であんなふうに裏切られて、怒るより傷ついたんだよ。しかもそれを自分で認められない性格だから、長く深く引きずった。友達だって言っただろう、あれは嘘か？　俺は、お前が栄を傷つけたことを一生許さない。

画面上にいない設楽に向けて睦人の唇は何度か動き、声にならない言葉を発した。それから「俺は……」と言いかけて石膏像《せっこうぞう》みたいに沈黙する。救急車のサイレンが遠く聞こえる。ここが睦人の家で、睦人の生活と人生があるのだと不意に強く意識する。

組んだ指が、もつれてほどけないのだというように苦労して引き剝《は》がすと、睦人は頭を抱えてうなだれる。

――あいつは……相馬は、すごいやつだった。俺はＶＴＲに関してはほとんど素人《しろうと》だけど、相馬のつくったものは自然に見入っちゃうからすぐ分かる。こんなすごいやつがいるのかって思った。相馬が仕事に打ち込んでるのを見てるとこっちも楽しくて、頑張ろうって思えた。あいつが俺にばっかり面倒な仕事振ってくるのも、文句言いながら、嬉しくて誇《ほこ》らしかった――……相馬は、俺の、大事な友達でした。本当に、ごめんなさい。

テーブルに、ぽたりと水滴が落ちた。そして何の余韻《よいん》も、エンドロールもなくＶＴＲはふっつり途切れて終わった。

「バカか」

口にした時、自分の目が濡れているのに気づいた。

「バカが……」

お前じゃないと駄目だったんだよ。お前がいなくてもやってるけど、それでも、お前じゃないと駄目なことが、どれだけあったと思ってる。次から次に涙と嗚咽《おえつ》があふれ、もう、ふさいでほしいとは思わなかったので、あふれ続けて止まらなかった。ああ、ああ、と慟哭《どうこく》しながら、栄は、自分がようやくちゃんと睦人を失った気がしていた。設楽は指一本触れず、ひと言も発さず、黙って隣にいた。


気づいたら、シートをぜいたくに占領して横たわっていた。肘掛けが上がる仕様に変わっていて幸いだ。館内は非常灯以外真っ暗で、何時かも分からないので起き上がって携帯を見ると、五時半前だった。そう眠っていない。だらしなくゆるんでいたネクタイを取り、ポケットに押し込む。泣いたせいで頭全体が腫《は》れぼったく重いが、気分は悪くない。ロビーに出ると設楽はソファにいて「おはよう」と軽く片手を上げた。

「奥のとこに連れてけ」

「今から？　車で？」

「またとぼけやがって」

壁に貼られたチラシを一枚、遠慮なく剝がす。

「このデザイン、奥の仕事だ。あいつ、このへんにいるんじゃねえのか」

設楽は、まぶしげに、あるいはちょっと苦しげに栄を見て「お前ってやつは」とつぶやいた。

「何だよ」

「何でもない、行こう。週末はよく早起きして日の出見てるって言ってたから、海にいるかもしれない」

夜明け間近のサンビーチに向かう道々、睦人が熱海に住んで、在宅でデザインの仕事をしながら、海燕座の催《もよお》しにも積極的に関わっていると聞いた。

「別に、奥なりの償《つぐな》いってことはないと思うんだよ」と設楽は言った。

「単純に土地を気に入ったのと、ここに、楽しい思い出があるからで——後悔込みだったとしても」

海岸につながる階段の途中から、ふたつの人影は見えていた。いや、ひとりと半分くらいの大きさ。近づくにつれ、ちいさいほうの影は、波打ち際で犬っころみたいにはしゃいでいるのが分かった。寄せる波と飽きずに鬼ごっこを繰り返す子どもは、睦人の時計を巻き戻したようにそっくりだった。ああ、こいつが、奥の。夜の間に満ちた潮で湿った砂を踏んで歩くと、子どもが栄たちに気づいた。ぴたっとステップを止めて栄をまじまじ見つめたかと思うと「パパ！」と大声で叫んだ。すこし離れて真鶴《まなづる》半島の方を眺めていた背中がゆっくり振り返る。波音と、無邪気な声が重なった。

「パパ、この人『さかえ』でしょ、パパの友達の！」

そんな息子の言葉も届いていないのだろう、睦人は立ち尽くしている。時間が止まったように——でも止まるわけがない。こうしている間にも波は寄せ、東の空がすこしずつ清明《せいめい》になっていく。夜に取り残された星の光を飲み込んで一時停止も巻き戻しもできない、きょうという新しい世界だ。誰かを失くした世界、誰かと出会った世界。いつでもが始まりで、おしまい。

栄は睦人に笑いかけた。

「よう下請《したう》け、元気にしてたかよ」

まだ信じられないといった顔つきで、睦人も言い返す。

「それ言ったら絶交だっつうに」

「絶交？」

耳聡《みみざと》く反応して子どもは睦人に飛びつき、両手で手を引っ張った。

「駄目だよ、絶交したら。仲直りしなきゃー」

「うん……大丈夫」

どこから見ても父親の仕草で、ちいさな頭を抱き寄せると「息子」と言った。

「知ってるよ」

「奥宗太です！」

ちびのくせにはきはきあいさつする。

「こいつ『ゴーゴーダッシュ』好きで、毎週録画見てたよ」

「やめとけ、ろくな大人にならねえぞ」

心からそう忠告するとようやく睦人も笑った。その笑顔を、朝の光が照らして洗う。海から真ん丸い橙《だいだい》が昇ってくる。あの、晩夏の朝とはちがうやわらかな陽。栄の胸をふさいでいたものも蒸発させ、空いた穴にまで射《さ》し込んでいるのか、くすぐったくて仕方なかった。


「あんなにあっさり別れてよかったのか?」

東京に戻る車内で、ハンドルを握る設楽が尋ねる。

「別にそんな、話すこともねえし」

「いやいっぱいあるだろ」

「あんたが全部訊いてたじゃねえか」

窓にもたれてまたうとうとしながら、いつでも会えるし、と思った。設楽はその心を読んだように「そうだな」と言う。

目が覚めると設楽のマンションの駐車場だった。

「……俺んちじゃねえ」

「今の住所知らないいんだからしょうがないだろう。風呂入ってくか?」

「入る」

ゆうべのオンエアでいろんな汗をかいたのでゆっくり湯船に浸《つ》かり、そこでもうつらうつら舟を漕《こ》いだ。泣くとずいぶん疲労する。

脱衣所に置いてあったバスローブを羽織《はお》って出ると、キッチンもリビングも無人だった。ブランデーの瓶《びん》を発見し、冷蔵庫にはレモンのはちみつ漬《づ》けがあったので、勝手にニコラシカを作って一杯呷《あお》る。外皮《がいひ》がやわらかいし、砂糖とは違った甘みが悪くない。それから、寝室と思《おぼ》しき部屋のドアが半開きになっていたのでそっと押し開けると、設楽がベッドに仰向《あおむ》けで寝ていた。そういや徹夜か、こいつ。栄が映画館で眠っている間、ひとりロビーで何を思っていたのかなんて、やっぱり謎だけれど。

マットレスの端に座り、頭側の壁に写真が二枚貼ってあるのに気づいた。両方とも砂浜の光景で、一枚は栄と睦人、もう一枚は栄と設楽が写っている。後者は睦人が撮ったものだ、覚えている。前者は、いつ撮られていたのかちっとも知らなかった。

削除するつっただろ、としげしげ覗き込んでいると後ろから手首を摑まれる。

「狸寝入《たぬきねい》りしてんじゃねえよ」

「今起きたんだよ」

「つーかこっちの写真、いつ撮ってた？」

「波打ち際で、お前らがいい顔してたんでこっそりね。奥にも送ったから、きっとあの子に見せてあげてたんだろうな」

写真の中の若い自分は至って無愛想で、とてもわざわざ残しておく値打ちがあるとは思えなかった。

「ああ、いいなと思って携帯構えて……心のどこかで予感してたのかな。もう二度とこんな時間は訪れないって」

「後づけなら何だって言える」

「そうだな」

手を引かれるまま枕につくと、設楽の上に半《なか》ば覆いかぶさる体勢になった。夜はとうに明けきったが、ブラインドが下りているので、部屋の中は明るすぎないグレーだった。設楽に落ちる栄の影は、もうすこし濃い。見つめ合ったまま、何だこの空気は、と思う。居心地が悪いわけではないのだが——。

「好きだよ、栄」

「うわ」

言いやがったよ。シンプルなＬＩＫＥでないのが明白な眼差しで。

「うわ、って何だよ」

「言いたくもなるだろ、俺とあんただぞ」

「何の問題が？」

「今さら感……つうか、それを俺に言ってどうする気だ」

「栄が好きだってお前以外に言うのか?」

「なわけねえだろ」

設楽はうすく笑って栄の髪を撫で「好きだよ」ともう一度言った。

「お前の悪いところなら俺は五十個ぐらいすぐ言えるけど、それを補《おぎな》ってっていうか、そういうお前だから好きだ。俺をお前の男にしてくれ」

さらっと悪口混じってんな。

「よく分かんねえんだけど」

正直に答えた。

「何が」

「要するに、あんたが言ってんのは俺とつき合えってことだろ? でもそれってどうすんの?」

「『つき合うって何?』って? 小学生みたいな疑問だな」

「そういう意味じゃねえよ、改めて線引きするほどの問題なのか?」

たとえば、女から「結婚して」と言われるのなら目的としては理解できる(断るけど)。「おつき合い」という曖昧《あいまい》さが栄は昔から謎で、ホテルに行っていざという時に「私たち、つき合ってるんだよね?」と念を押されたものだからそのまま服を着て帰ったことがある。

「あんたが俺とやりたいって言うんなら別にいいよ、こっちもいやじゃない。そんだけでよくねえか」

「要するに、寝る間柄の知人？　セフレ？」

それはそれで違う気もして考え込むと「バカだな」と決して甘くない口調で言われた。

「いい年して、そんな中途半端な関係に時間と労力を割《さ》く気はない。本気になれないなら結構だ、振られたってことでいい。人生の無駄遣いは避けたい」

「じゃあ、あんた以外と寝ないっつう取り決めならいいのか」

「そんなに定義を詰められるとは思ってなかったよ、逆にお前のほうがまじめなのかな」

まじめとか誠実とかは、いちばん下《くだ》されたくないたぐいの評価だ。

「そも、好きって言われても、それはディレクターとしての俺だろ。ぶっちゃけ、仕事の話以外で間が持つ気がしねえ。どっちか辞めたらどうすんだよ」

共通の言語を失ってしまう。

「俺の定年後まで傍にいてくれる気？　嬉しいなー」

「いやだからそうじゃなくて」

「半端はいやだけど、そこまで深刻に考えてもらう必要もないと思うよ」

「矛盾《むじゅん》してる」

「いやいや、だから本気で向き合ってみて、駄目なら駄目で別れたらいい」

ものすごく簡単に提案された。

「せっかく婚姻《こんいん》も繁殖《はんしょく》もできないんだから、ここは面倒のすくなさを利点と思って前向きに」

一生お前だけ、と言われるのも気持ち悪いが、なかなかのクズな発言じゃないか。しかし設楽はすぐにふっと目元を和らげて「嘘だよ」と翻《ひるがえ》した。

「何なんだよ！」

「いや、今、けっこうショックな顔してたから、安心した。そんな顔見せてくれるんなら大丈夫だと思う」

栄には見えないものを根拠にされても困る。

「してねえよ」

「好きだよ。お前に会えたから、旭テレビに入ってよかった」

「何度も言わなくていい」

「言いたいんだよ」

「俺は言わねえぞ」

「別にいいよ、今はね」

「未来にも言わねえ」

「聞きたいな～って思ったら、言ってもらう方法はいくらでもあると思うし」

あんたのそういうところが俺に二の足踏ませるんだよ。この世でいちばん栄に優しいのも設楽なら、いちばん厳しいのも設楽だから。もしも駄目で別れても、栄はこれからも、どんな仕事の時でも設楽を思うだろう。あいつはどんなふうに見るんだろう、と。うんと悔しく、憎らしくなったらいいと思う。栄はもう、それにぴびったりしない。きっと、そんなどろどろした感情も内包《ないほう》した「好き」なのだろうから。

頭の後ろに回った手に力が入り、何を催促されているのかは明らかだった。栄は自分から唇を重ねて設楽をふさいだ。そのまま体重をかけると、やわらかく抱きしめられる。

「……やっと手に入れた」

待望が、果汁みたいに滲《にじ》み出したつぶやき。こんな声が聞けるんならまあいいかと思えるほどには、栄をいい気分にさせた。バスローブの帯の、いい加減な結び目をあっさりほどかれ、裸の胸が設楽のシャツと擦《こす》れ合う。設楽は枕元を探り、プラスチックのボトルを取り出した。透明な液体の正体はひと目で察せられる。

「何でそんな準備いいんだよ」

「途中、ドラッグストアに寄ったの、全然気づかなかった？」

「勝算ありありかよ、むかつく」

「いざって時の備えだよ」

設楽は脇腹から背面に手をすべらせ、背中や腰の型でも取るようにあちこち撫で回しながらキスを繰り返す。

「……んっ」

じっくりと輪郭《りんかく》に沿う動きが、口腔《こうこう》の戯《たわむ》れとリンクして、まださらさら乾いているはずの皮膚がぬるりと濡れた錯覚に陥《おちい》る。尾《び》てい骨《こつ》をつっとなぞられると、細かい電気の泡がぷつぷつ浮かんでさあっと弾けた。そのまま指先は背骨の溝《みぞ》を一気に縦断《じゅうだん》し、うなじをくすぐられた。思わずのけ反《ぞ》りそうになったが、舌を甘噛みされ、引き留められる。

「んんっ……！」

全身が、見えないほど微細《びさい》な水滴をびっしりふいた気がする。設楽の手はいっそうすべらかに我がもの顔であちこち這い回り、その水を魔法のようにあたためて栄の体温を上げた。やがてパイルの生地を腰の上までたぐって下肢《かし》をむき出しにすると、ローションを身体の左右の狭間《はざま》に垂らす。

「あ……」

そのまま伝い落ちていくはずのとろみが、指で奥へと押し込められる。ずっと昔に触れられたきりの場所は、異物に侵《おか》される悪寒《おかん》をすぐに思い出した。ああそうだ、この感じ、生理に逆らう行いへの、本能の禁忌《きんき》めいた苦しさ。でも、いったんそのラインを越えてしまったら、どんな快感が得られるのかも知ってしまっている。両手の指が口をまさぐり、ローションをたっぷり含ませながら浅いところを交互に行き交う。そこがいやらしい気配と粘《ねば》りにまみれるまで、唇を休みなくついばみながら。

「あ、ああっ……！」

二本いっぺんに、くちゅりと根元まで挿《さ》し込まれた。性急に奥を窺われた痛みより、爪の表面でぐっと圧《お》された箇所《かしょ》の疼《うず》きに悶《もだ》えた。そう、ここだった、腹の中から栄をおかしくさせてしまうところ。一気に後ろが熱く貪欲《どんよく》になるのが自分で分かる、十一年も前の、たった一度のセックスに味をしめて喘《あえ》ぎ始める。

「……案外、ちゃんと覚えてるもんだな」

設楽も似たような感想を洩らす。

「十一年ぶり二度目の登板《とうばん》なのに」

「くだらねえこと言うな」

「黙りこくってするもんでもないだろ」

「その余裕ぶった態度が腹立つんだよ」

「余裕？」

性交の、突き上げる動きで、下腹部を押しつけてくる。そこが硬い熱を孕《はら》んでいることくらい、もちろん栄にも伝わっていた。

「余裕なんて皆無《かいむ》だよ、ちょっと茶化してないと、どうにかなりそうなんだよ」

「どうにかなるためにやってんだろうが」

「まあね、でも俺もまだ恥ずかしいから、そのへんはおいおい」

どの口で言ってんだか。でもそれ以上の反論は指の行いに封じられてしまう。ひくつき出した粘膜を貪《むさぼ》られながら、設楽の唇を貪った。

「んっ……ふ、ぅ――んんっ……！」

下半身に先んじて口でするセックスは、身体より頭を、しびれるほど感じさせた。けれどこだけじゃ足りない。奥へ奥へと指を誘う内壁がそう訴えている。設楽はくちづけをほどくと、食らいつくように耳たぶを食《は》んだ。

「あっ！」

そのまま歯を立て、耳の中に舌先を突っ込んで卑猥《ひわい》な音で身体じゅうかき回す。自分自身が液状になったかと思うと、耳の下から首すじを吸い上げる口唇《こうしん》が、窮屈な器官を押し拡げる指が、栄の存在を確かに教える。ここにいて、発情している肉体を。性交に必要な径《けい》を得るため、設楽は角度や長さを細かく変えながらくまなく内部を嬲《なぶ》る。入念な馴致《じゅんち》への決まり悪さは、過敏な神経を粘膜越しに刺激されれば濃密な性感にすり替わり、奥底から燃え上がった炎が喉までを舐《な》めた。

「あ、あっ……っん」

自分で濡らしたのかと勘違いしそうなほど、ローションは栄の深部にまで行き渡り、柔軟に湿潤《しつじゅん》に内腑《ないふ》をぬかるませた。いくらでもくわえたがって搾《しぼ》りたがる口を長い指がぐるりとなぞってみぶるいさせる。

「あぁ――」

「体勢、変えるぞ」

設楽が栄の下から抜け出して背後に回り、服を脱ぐとうつ伏せの腰だけを軽く浮かせる。

「あぁぁっ……！」

さっきまでそこにいた男の、頭のかたちにへこんだ枕を抱きしめるとその痕跡《こんせき》はすぐに分からなくなった。合わせ目に触れた瞬間からはっきりと脈を感じられるほど猛《たけ》ったものが、容赦《ようしゃ》ないひと呼吸で栄のなかに食い込んでしまう。

「あっ……あ、あっ」

シーツについていた膝《ひざ》からつま先までが勝手に持ち上がり、ぴいんと強張る。

「……いいね」

いっぱいに昂《たか》ぶりを含まされ、緊張に張り詰めた背中の皮膚を手のひらで愛撫しながら設楽が言った。

「最初の時より、ずっと。お前の身体、すごく興奮する」

余計なこと言わなくていいんだよ、と切り返すより先に下の口がねっとり収縮し、性器にまとわりついた。かたちがありありと思い描けるほどなまめかしい吸着に思わず枕を噛む。

「んっ！」

「身体で返事してくれた？」

「無駄口叩くな、もう……っ、さっさと、しろっ」

「そんなもったいないことできないよ」

栄の腰の両側に手をつき、誘引《ゆういん》を愉《たの》しむようにゆっくり押し引きする。

「んっ……ん、ん」

一定のリズムで与えられる快感に神経をじわっと炙《あぶ》られ、高まっていく。けれどゆるやかな結合はそう長く続かず、設楽はすぐに上体を重ね、腕を回して栄の肩をしっかり抱え込むと息の根を止める気かと危ぶむほど激しく速く動いた。

「——ああっ!」

「前言撤回……悪い、我慢が続かなかった」

「この、バカ——あ、あっ」

絶対わざとだと思う。

「ああ、あ、あ……っ!」

至近距離から立て続けに貪られる衝撃に、声を殺そうという努力さえ忘れてしまう。ベッドが絶え間なく軋《きし》んでいる、こんなに叩きつけるような挿入がちっとも痛くはないのがおそろしい。怖いのに、もっともっと交接部はひくひく鳴いた。硬いものに突き上げられるたび、悪い蜜《みつ》をそそがれて熟していくのか、内壁はとろけるやわらかさだった。このまま熱と快感に熟《う》れ落ちてしまいそうだ。

「んっ……ん、あぁ」

「栄」

喘ぎと吐息で、枕がびしょびしょになるんじゃないかと思った。かなり苦しい姿勢ではあったが首をねじって振り返ると自分の声が男のけものじみた呼吸と溶け合い、何もかもが絡まり交わっている交尾に恍惚《こうこつ》となる。舌を差し出してキスをねだると実に乱暴な作法で搦《から》め取られた。

「んん、あっ、あ――」

「栄、いいか?」

「ん……」

やみくもなセックス。お前の男にしてくれ、という告白が脳内でリピートされ、脳みそも心臓も手に負えないほど感じた。

これは俺の男だ。俺のものだ。気持ちが通じ合ったとかいうより、もっと原始的な、獲物を狩った歓《よろこ》びに近い。きっと設楽も同じ感覚を抱いている。抽挿《ちゅうそう》と、背中で刻まれる男の鼓動、両方に追い立てられた。これ以上は無理だという速さで脈が打っているのにさらに律動で急《せ》かされ、深海から生け捕りにされた魚みたいに、心臓が喉までせり上がってきそうだった。

「あぁ、あ……っ!」

設楽の二の腕に指を食い込ませる。このまま果てまで行きたかったし行かせたかったのに、汗で手がすべったタイミングで腕をほどかれ、なかを行き来していた性器まで引き抜かれてしまう。

「うぁ……」

圧倒的な質量を失い、そこはむずかるような寂しさを覚えた。汗ばんだ背中から汗ばんだ胸が離れていく寒さに一瞬竦《すく》んだ身体を裏返され、胸の突起を吸い上げられる。シーツの摩擦《まさつ》と、体内から与えられた快感でとうに朱《あか》く尖っていて、唇が触れただけで硬く膨《ふく》らんだ。

「あっ……！」

血を溜め込んだ色合いで悪戯《いたずら》を誘うちいさな粒が舌にくるまれ、生々しい刺激にたまらず設楽の頭を抱える。目が合う。同量の興奮を帯びた眼差しですらセックスできるのだと知った。視線に灼《や》かれてうなじがちりちり逆立つ。くちづけられる寸前に覗いた設楽の舌は、乳首の色が移ってしまったように鮮《あざ》やかだった。

「ああ……っ、んっ」

唇をねぶられると同時に、性器を触られた。そこも指一本触れられないまま弓なりにしなり、裏側を伝う先走りまであらわにしていた。

「ん、っ、ああっ！」

直の刺激で扱《しご》かれてはたまらない。精管《せいかん》を膨張《ぼうちょう》させて精液が抜けていく感覚は、今までにない強烈さだった。

ちかちかするような絶頂に全身が脱力するほどなのに、いったばかりで刺激を拒否している性器を今度は口唇で愛撫された。くわえられた瞬間は確かな嫌悪を感じたのに、まだ挿入を覚えている口を再び指で弄《いじ》られると、内側から滴《したた》った発情でまた応《こた》えてしまう。硬直と血流がもたらされ、全長をしゃぶる口淫の動きからも次第に苦痛ではなく快感を得るようになった。

「うそ、だろ――んん、あぁ……っ」

ひそやかな場所にある疼きのしこりを間断《かんだん》なくまさぐられ、また自分のありかを見失いそうになる。引っきりなく立ついやらしい液体の音――ローションと、栄の体液と、設楽の唾液――にまみれてもうぐずぐずになっているんじゃないか。鈴口をいやらしくねぶられると、性器の膨張と後ろの締めつけが同時に起こる。息だけでもびくびく反応してしまう先端を指の腹でくるくる撫でながら、設楽は「もっと?」と尋ねた。

「もっとふさがれたいか?」

緩慢《かんまん》な抜き挿しで粘膜を蹂躙《じゅうりん》する三本の指より、もっと。

普段の栄なら、訊くんじゃねえよ、と蹴《け》りつけているところだが、今は「普段」じゃなく、設楽しか知らない今の自分こそが本当なのかもしれなくて、それは悔しいけど悪い考えじゃなかった。だから栄は上体を起こし(切羽詰《せっぱつ》まった下腹部がずきずき痛んだ)、設楽の頬にそっと触れて言った。

「……満たされたい」

風通しのよくなった胸をあたたかな血で、すこしだけ遠くまで見えるようになった目を新しい色で、ちいさな声を拾えるようになった耳をひとりだけの言葉で。

満たして。

「愛してるよ、栄」

前にも聞いたことがあるような気がした。最初に抱かれて果てた後、閉ざされていた片耳に設楽が告げたのもこの言葉ではなかったのか。訊いてもきっととぼけるだろうけれど。両膝を抱えて、設楽がゆっくり挿《はい》ってくる。ゆっくりひとつになる。

「ああ……あっ」

膝の裏を持ち上げられれば背中はまた後ろに傾く。シーツに倒れるのと同時に最奥《さいおう》まで分け入られ、瞬間、栄は達した。

「あぁっ……！」

きゅうきゅうとなかの雄を啜《すす》って、設楽もぐっと息を詰めたのが、そのまま休まず腰を振り立ててきた。

「まだだよ」

「んっ！　あぁ、駄目だ、ああ……っ」

どこもかしこも赤剝《あかむ》けしたように鋭敏なのに、一切手加減なく律動《りつどう》される。性感の神経が許容を超えてすりきれそうだった。動き続ける設楽だって、どこかでいった。その証拠に、内壁がローションとは違うどろりとした粘度を帯びて性交をますますいやらしいものにしている。

けれどすこしも変わらない硬度と密度で栄を穿《うが》ち続けて止まらない。設楽も栄で満たされている。こぼれている。あふれている。発情に染まりきった瞳で栄を組み敷き、これでもかと欲して。

肉体以外のところまで貫かれる、途方もない充溢《じゅういつ》が、どこまでも続くようにと祈った。どこまでも続かないと分かっているから。いつかは過ぎて、終わり、後から振り返ってもそれは瞬間の気持ちとは違う。それでも、一秒、一フレームより短い刹那《せつな》を、互いの心と体に感光させろとばかりに求め合う。

焼きついて。誰にも分からないところに。

「あぁ——あ、あ、んんっ……！」

「栄——」

抱き合って、満ちたものがすこしずつ引いていく喪失感も分け合う。目を閉じると、昼間の部屋にいるのに真っ暗で、そのうちエンドロールみたいな暗闇に、鮮やかな花火の光がいくつも弾けて散った。夢だろうか。モノクロの光景しか見ないはずなのに。どん、どん、と打ち上げる音は、たぶん自分や設楽の鼓動だった。

海に上がる花火だ。夢でも映像でもなく、この目で見てみたい、と生まれて初めて思った。冬がいい。すぐに飽きるかもしれないけれど、そうしたら、隣で楽しそうにしている男を眺めていればいい。

〈人事通達〉

コンテンツ事業部（デジタルメディア戦略部門）相馬栄

四月一日付けで報道局報道番組制作部門「ザ・ニュース」チーフプロデューサーに異動

ゆるして（あとがきに代えて）…………………——一穂ミチ——

AFTERWORD

栄《さかえ》のVTRを初めて見た時、大げさじゃなく、衝撃的だった。適当に撮ったカット、尺のため適当につないだ場面はひとつもなく、約五分間の映像中、何度も息を止めてしまった。寺社にも仏像にも特段の興味はないのに、目が離せなかった。カメラマンの腕がいい、という前提を差し引いても、それを使いこなす現場でのディレクション、撮った画《え》を殺さない編集、ニュースという枠からぎりぎり外れないラインでの遊び心。

誰だ。うちにこんなのつくれるやつがいたのか。

すぐにパソコンで番組の構成表を開いて担当者を調べると「相馬《そうま》」とあった。編集マンの欄は空白、つまりこの相馬某《なにがし》がひとりで完成させた。制作会社からの派遣Dの可能性も考えたが、手近な人間に訊いてみるとすぐに「ああ、相馬ね」と返ってきた。

「局員ですよ。今年入ってきた新人。今は警視庁担当」

新入社員？　また驚かされた。

「新人のデビュー作にしちゃ、まあよくできてましたよね、ちょっと独特すぎるけど」

あいつらしい、というつぶやきには好意的な響きがなく「どんなやつ？」とさらに突っ込むと辟易《へきえき》したように手を振る。

「優秀は優秀、でもめちゃめちゃ扱いづらいですよ。態度でかくてえらそうで」

人格など別にどうでもよかった。その扱いづらさのせいで、Vへの正当な評価が妨《さまた》げられているのならもったいないという程度の話だ。社内のイントラで社員名簿を検索すると、確かに今年入社の「相馬栄」という男がヒットした。顔写真だけでも険の目立つ、この世に何ひとつ面白いことなんてないとあらかじめ切り捨ててしまったように投げやりな表情だった。でも、こいつが、あんな面白いものをつくった。新人研修の時の記憶はないが、記者リポを見たことはある。顔つきと同じ、ぶっきらぼうな声と話し方。ものすごく興味をそそられた。そして、記者職なんてありえないとも思った。ネタを取ってくる記者に不可欠な人間力がない。洞察力より気力体力時《とき》の運《うん》より、多少の抜け駆けやルール違反をやらかしても「どうもすいません」で許される愛嬌こそが必要なのに、どう考えても正反対の気質だ。

ディレクターじゃなきゃ。こいつはDにして、あらゆる情報に触れさせ、それをアウトプットさせて育てなきゃ。そうでなきゃ損失だ。旭《あさひ》テレビではなく、設楽宗介《したらそうすけ》にとって。

「あれ、設楽さんきょう飲まないんすか」

ウーロン茶をオーダーすると、睦人《むつと》がふしぎそうに尋ねた。

「ちょっと願掛け中で、禁酒中。リクルートしたいやつがいるんだけど、うまくうちに来てくれるかどうか分かんないからさ」

「設楽さんPになったのに、その程度のわがまま通んないんすか」

「ん～……言って言えないことはないけど、割と奥の手っていうか」

「あ、非合法の香りがする」

「いやいや『おねだりカード』はそう簡単に切るもんじゃないから。もっと大事な時用。だからとりあえずは神頼み、来い来いってね」

「リクルートのターゲットにとって幸せかどうか分かんないすけど、無事引き寄せちゃったら祝杯挙げましょうね」

結果、秋の人事異動では叶わなかったが、翌春の内示が出ると、設楽はすぐ睦人に「祝杯」とメールした。


そんな、昔のことを思い出している。タクシーの後部座席の隣には、ひと言も発しない栄がぐったりと窓にもたれている。喫煙スペースにいたADが「喧嘩になりそうです」と駆け込んできてくれたおかげで間一髪暴力沙汰は食い止められたが、久しぶりにまともに見る栄はまぶたも頬も唇も色を失って向こう側の風景が透けそうなほど生気を感じなかった。

——ターゲットにとって幸せかどうか分かんないすけど。

まだ何も知らず、何も起こっていなかった頃の睦人の言葉が重い。会社ではどうにかこらえている、深いため息をついた。そのタイミングで車がカーブに差しかかり、栄の頭が窓から設楽の肩に移動する。

「栄」

しなだれかかってきた身体は、悲しいほど軽い。

「栄、あのな」

話しかけたが、まるで無反応だった。そっと反対側の手を伸ばして髪を撫でても、払いのけさえしない。白い頬に触れかけた瞬間、ひと言だけ、消え入りそうに洩らした。

奥《おく》、と。

空中でぎゅっと拳《こぶし》を握る。まいったねこれは、と思う。

嫉妬してるよ、俺は。失ってぼろぼろになるほど、お前の中で大きな存在だった奥に。

でも万事そんな場合じゃない。満身創痍《まんしんそうい》の栄にそれでも告げなければならない言葉があり、またしても、設楽の望みが栄にとって幸せかどうかは分からない。目も当てられないほど弱った相手をもっと追い詰めてしまう確率は高く、それでもほかの道はない――選びたくない。きっと栄のためじゃなく、自分のために。笑える。こんなエゴを突きつけて迫ろうとしているくせに、惚れてるなんて。お前のつくるもの、頭の回転と飲み込みの速さ、刃物の表面を押し当てられたようにひやっとする目の光、無愛想で頑固で口が悪くてねじくれた跳ねっ返りの性格、一度気を許せば案外無防備なところも全部、好きでたまらないなんて。

運転手の手を借りて栄の身体を抱き上げると、あらかじめジーンズのポケットから抜き取っておいた鍵でマンションに入る。もし目を覚ましたら、自力で帰り着いたことにしておこう。

どうにかベッドまで運び靴を脱がせると、ベッドの側《そば》に椅子を引き寄せてどかっと腰掛けた。

疲れた。でも疲れている場合じゃない。今の番組をちゃんと終わらせる。新しい番組のスタートを切る。そして遠くに行く。現実的な段取りをひとつひとつ思い描けば目が回りそうだ。止まりたい。休みたい。眠りたい。忘れたい。でも、それより何より、許されたい。お前に。

これから俺がしようとしてること、これからもお前の仕事を見続けたいと願うこと、それが叶えられること。栄、お願いだ、俺を許してくれ。何もしてやれなかったし、やれないままだけど。その代わり、いちばん聞いてほしい言葉は、願掛けにしまっておくから。

愛してるよ。

＊＊＊＊＊　＊＊＊＊＊　＊＊＊＊＊

表紙にある「fill me in」は「私をふさいで」＝「詳しく教えて」という意味です。何やら色っぽくも奥深くていいなあ、と思い、入れていただきました。色っぽいと言えば竹美家《たけみや》先生のイラストですね。シリーズとしての統一感と、ちょっと今までの人たちと違う雰囲気、のせめぎ合いの中、おそらくいつも以上に苦心して描いて下さいました。ありがとうございます！この設《した》Pの悪い顔といったらどうだろう。優しげにたぶらかす気満々。栄のバラエティ時代については既刊「横顔と虹彩《こうさい》」を（未読の方は）お手にとっていただけますと幸いです。

それでは、ありがとうございました。

一穂ミチ

この本を読んでのご意見、ご感想などをお寄せください。
一穂ミチ先生・竹美家らら先生へのはげましのおたよりもお待ちしております。

〒113-0024　東京都文京区西片2-19-18　新書館
[編集部へのご意見・ご感想] ディアプラス編集部「ふさいで イエスかノーか半分か 番外篇3」係
[先生方へのおたより] ディアプラス編集部気付 〇〇先生

- 初出 -
ふさいで：書き下ろし

[ふさいで イエスかノーかはんぶんか ばんがいへん3]
ふさいで イエスかノーか半分か 番外篇3

著者：**一穂ミチ** いちほ・みち

初版発行：2018年12月25日
第2刷：2020年11月30日

発行所：株式会社 新書館
[編集] 〒113-0024
東京都文京区西片2-19-18　電話（03）3811-2631
[営業] 〒174-0043
東京都板橋区坂下1-22-14　電話（03）5970-3840
[URL] https://www.shinshokan.co.jp/

印刷・製本：株式会社 光邦

ISBN978-4-403-52471-4 ©Michi ICHIHO 2018 Printed in Japan